KB094916

전장의 저격수

전장의 저격수 4

요람 장편소설

초판 1쇄 찍은 날 § 2018년 2월 19일
초판 1쇄 펴낸 날 § 2018년 2월 26일

지은이 § 요람
펴낸이 § 서경석

총괄팀장 § 최하나
편집책임 § 이지연
디자인 § 신현아

펴낸곳 § 도서출판 청어람
등록번호 § 제387-1999-000006호
등록일자 § 1999. 5. 31
어람번호 § 제1-2852호

주소 § 경기도 부천시 원미구 부일로 483번길 40 서경B/D 3F (우) 14640
전화 § 032-656-4452 팩스 § 032-656-4453
http://www.chungeoram.com
E-mail § chungeorambook@daum.net

© 요람, 2017

ISBN 979-11-04-91654-0 04810
ISBN 979-11-04-91580-2 (세트)

※ 파본은 구입하신 서점에서 교환하여 드립니다.
※ 저자와 협의하여 인지를 붙이지 않습니다.
※ 이 책은 도서출판 청어람과 저작자의 계약에 의해 출판된 것이므로,
무단 전재 및 유포·공유를 금합니다.

FUSION FANTASTIC STORY

요람 장편소설

전장의 저격수

4

도서출판 청람

전장의 저격수

Contents

episode 25
전장의 유린자

한밤이지만 치안대의 본청과 그 주변까지 불에 활활 타고 있는 상황이라 사위는 밝았다. 그렇게 붉디붉은 밤하늘을 가로지른 새까만 벼락 줄기는 석영을 흠칫하게 했다. 혹시 하는 생각이 들었다. 하지만 그런 심정은 오래 가지 못했다.

"안으로! 왕녀님을 안으로 모셔!"

"문, 송, 빨리 가서 문부터 열어!"

"네!"

치안대의 관리관 오렌의 고함과 차샤의 외침, 그리고 송의 대답이 석영을 현실로 끄집어냈다.

석영은 바로 시위를 당겼다. 목표는 오렌이 이끌고 온 무리의 뒤편이다. 시꺼먼 복면을 뒤집어쓴 것들이 하늘에서 떨어진 벼락에 멈칫했다가 다시 추적을 시작했다.

'확인은 나중에. 지금은 정리부터 한다.'

퉁!

슈가가각!

소리가 달라졌다.

퍼걱!

가장 선두에서 달려오던 복면인의 어깨를 그대로 관통해 뒤편에 있는 복면인의 팔꿈치에 명중, 이후 무시무시한 회전력이 그대로 팔을 끊어버렸다. 흠칫 놀라는 기색이 느껴졌다. 하지만 석영은 그것보다 더 신경 쓰이는 게 있었다.

'신음도 안 흘려?'

어깨가 뚫리고 팔꿈치부터 팔이 떨어져 나갔는데? 그런데도 신음을 안 흘린다고? 석영은 바로 생각나는 게 있었다.

'극한으로 단련받은 자들. 오렌 관리관이 말한 공작가의 기사단인가?'

오렌 관리관을 두 번째 봤을 때 들었다.

'안… 뭐더라?'

안이 아니라 반드레이 공작이었다.

석영은 그놈들이 아닌가 싶었다.

"빨리빨리!"

차샤가 송이 연 문 옆에서 오렌 관리관을 독촉했다. 항상

단정하던 의복에 피 칠갑을 한 오렌 관리관이 이를 악물고 수하들을 독려했다.

"더 빨리! 후미가 잡힌다!"

오렌 공작의 외침에 석영은 '누구 맘대로 후미가 잡혀?'라는 생각을 하며 시위를 당겼다.

'더블 샷, 추적 샷.'

집중이 필요했다.

투둥!

슈가가가각!

새까만 독아가 어둠을 쭉 가로질렀다.

"또 온다!"

이번엔 복면인들 사이에서 터져 나온 외침이다. 하지만 석영은 그리 호락호락한 사람이 아니었다. 직각으로 날아가던 화살. 석영을 모르는 이들이라면 잘못 쏜 게 아닌지 의심할 정도로 궤도가 형편없었다. 하지만 말 그대로 그걸 보고 안심하는 건 석영을 너무 모르는 것이다.

더불어 지옥행 급행열차를 타는 짓이기도 했다.

'후우.'

달려오던 그들이 화살의 각도에 안심했을 때, 두 대의 무형화살이 아무런 전조도 없이 수직으로 꺾였다.

푸부북!

"컥!"

"어윽!"

두 발은 바로 허벅지와 어깨를 그대로 관통했다. 그러고도 여력이 남아 후방, 전방의 적 종아리와 귀를 물어뜯고는 사라졌다. 무시무시한 일격이었다.

회피? 수직으로 꺾여 들어오는 화살을 무슨 수로?

석영은 지금 완벽한 저격수였다. 모습을 드러냈으면서도 이 라블레스가의 전장에서만큼은 천하무적의 호칭을 달아도 무방한 저격수.

"왕녀님부터!"

오렌이 통과했고, 그 옆을 아주 작은 마차도 같이 통과했다. 그 뒤로 치안대원들이 들어섰고, 차샤는 바로 문 앞을 막아섰다.

스릉! 스르릉!

라블레스 정문을 막은 차샤.

왜지?

석영은 그녀의 모습에서 장판파 앞에서의 장비를 떠올렸다.

만부부당(萬夫不當).

그때의 장비를 설명한 단어이다. 지금의 차샤는 솔직히 그 정도보단 떨어지지만, 석영도 느낄 수 있을 만큼의 짜릿한 기파를 뿜어냈다.

기를 다루지 못하면 초인의 반열에 들 수 없는 법이다. 차샤도 마찬가지다. 그녀는 기를 다루지 못한다. 그런데도 수십 미터는 떨어져 있는 석영이 느낄 수 있을 기파를 뿜어냈다.

그런 그녀의 옆을 노엘과 처음 보는 처자가 막아섰다. 허리까지 내려오는 찬란한 금빛 긴 생머리, 그리고 익숙한 형태의 풀 플레이트 메일. 그러나 검과 방패가 아닌, 섬뜩한 장도가 들려 있었다. 질란도의 도보다는 좀 더 길고 도면이 가늘었지만 손을 대기만 해도 베어버릴 것 같은 예기가 풍겨지는 도였다.

무기만 빼면 아주 전형적인 기사이다.

"노엘, 좌측! 아리스, 우측!"

"네."

"네네, 단장."

노엘의 대답이야 익히 들어봤고, 아리스라 불린 여기사의 목소리는 한지원과 굉장히 흡사했다.

석영은 전방에 다시 시선을 줬다. 석영의 저격 때문에 멈칫한 복면인들이 다시 천천히 전진을 시작했다. 이번에는 달려오지 않고 그저 거리만 좁혀 오고 있었는데 그 수가 상당했다.

"머릿수 파악됐나요?"

고함에 가까운 차샤의 질문에 석영은 빠르게 눈알을 굴려 수를 파악해 봤다. 하지만 파악 불가였다. 눈도 어지럽고 밤이라 후미 쪽은 아예 보이질 않았다. 게다가 골목골목 숨은 것도 같았다.

"못해도 삼백 이상!"

"넵! 들었냐? 삼백이란다!"

차샤의 거대한 고함.

전투 전 사기를 끌어 올리는 아주 흔한 방법 중 하나이다.

"빌어먹을, 의뢰 하나 잘못 받아서 어디서 듣도 보도 못한 기사단 놈들이 복면을 뒤집어쓰고 지랄을 떨고 있다!"

대놓고 복면인들을 듣보잡 취급하는 차샤였고, 그 소리를 들었는지 고요하던 복면인들의 기세가 서서히 피어오르기 시작했다. 하지만 아직까지는 석영을 자극할 정도는 아니었다.

삼백? 많은 숫자이다. 평소라면 엄두도 못 냈을 것이다.

하지만 타천 활의 봉인 두 개가 풀렸다. 관통 옵션과 마법 임팩트인 타락 천사의 심판까지. 이 두 가지 옵션 때문에 석영은 지금 전혀 두렵지 않았다.

"우리 저격수 씨, 인사 한번 거하게 해주지?"

차샤가 부른 저격수.

그건 석영을 지칭한 게 분명했다.

인사야 아까 질리게 했지만, 차샤가 저렇게 굳이 큰 소리로 외쳤다는 건 분명 의도가 있을 거란 생각에 석영은 망설임 없이 시위를 당겼다.

두드드드!

팽팽하게 당겨지는 시위.

절정에 달하자 새까만 어둠이 난데없이 몰려들어 한 발, 두 발의 화살로 변했다. 정신 집중 하면 될 거라 생각했다. 더블 샷을 동시에 내쏘는 것도. 그런데 정말 됐다.

달깍.

어둠 속에서도 명확히 들린 마차 문 열리는 소리, 이어 저택 안으로 하얀 옷을 입은 여성이 들어가는 걸 확인한 석영은 시위를 놨다.

투웅!

슈가가가각!

우릉!

우르릉!

공기가 찢어지는 소리가 들리고 이어 뇌성이 울렸다.

"사악한 잔재주!"

피식.

잔재주?

"그럼 막아보시든가."

석영이 그렇게 생각하는 순간, 두 발의 화살은 그대로 수직으로 내리꽂혔다.

퍼벅!

콰르릉!

쾅! 콰앙!

두 번의 파열음이 거의 동시에 터졌고, 뒤이어 시꺼먼 심판의 벼락도 같이 내리꽂혔다. 그 결과 잔재주라 소리친 놈은 재가 됐다.

살인.

사람을 죽였다.

벼락이 튄 영향으로 적의 진형은 엉망이 됐다. 심판의 벼락에 인간의 육신이 새까맣게 타며 나는 냄새가 바람의 영향으로 석영에게까지 날아왔다. 솔직히 말하자면 기분이 더러웠다.

NPC? 사람이 아니다?

신세계? 게임이라고?

아니다.

이미 석영은 아니라고 결론 내린 상황이다.

첫 살인의 후유증이 찾아온 걸까?

그것도 아니었다.

후유증이 찾아와야 하나 이상하게도 덤덤한 자신의 상태가 그저 어이없을 뿐이다. 다만 확실히 전과는 달랐다. 타락 천사의 심판은 랜덤이고, 이제부터는 언제고 살인을 저지를 수 있다는 걸 알게 된 것 때문에 기분이 더러웠다.

'나는 살인마가 아니니까.'

피식.

이상하게도 웃음이 나오는 순간.

"와, 와우! 인사가 너무 화끈한데?"

놀란 것 같은 차샤의 말 이후 이곳에선 듣지 못할 거라 생각한 소리가 갑작스럽게 들렸다.

두근두근!

찌릿!

갑자기 심장이 뛰고 등골이 짜릿한 감각이 다시 찾아왔다. 석영은 본능적으로 고개를 푹 숙였다.

투슝!

퍽!

이곳에서 들을 거라고는 생각도 못 한 총소리와 함께 첨탑의 돌이 부서졌다.

'이 소린 설마… 아니, 왜?'

이건 저격총 소리다.

석영은 영화나 드라마를 좋아했다. 그것도 외국 작품을 더 좋아했다.

일드, 미드, 일영, 미영 등등.

가리지 않고 보는 편이다.

다만 취향은 좀 한쪽으로 편향되어 있었다. 형사물, 히어로물이나 건 액션 같은 쪽으로 말이다.

거기서 스나이퍼들의 저격총이 저런 소리를 냈다. 실제와 비슷한 음향을 넣으니 분명 실제 저격총도 저런 소리를 낼 것이다. 그리고 인터넷에서 저격총 소리라고만 검색해도 실제 사격 영상이 많이 뜬다.

'확실해. 저격수다.'

이건 위험하다.

"차샤! 저격수 위치 확인!"

그렇게 외친 석영은 인벤토리에서 방어구 강화 주문서를 꺼내 돌벽에 마구 발랐다.

상대도 총에 강화를 했다면? 몇 발 맞고 그대로 돌이 뚫린 다음 석영의 몸뚱이를 뚫을 것이다. 석영은 삼십 장에 가깝게 돌벽에 주문서를 찢어 발랐다. 아깝고 나발이고 지금 안 쓰면 목숨이 날아간다.

뒈지면 주문서고 나발이고 전부 끝이다.

"발키리, 엄폐! 송, 위치 확인했어?"

"전방 사백 미터 거리! 삼 층 건물 창가에서 불빛 확인!"

안에 들어가 있던 송이 차샤의 질문에 바로 대답했다. 석영은 위치를 파악했으면서도 확인할 생각을 감히 하지 못했다. 머리를 내밀면? 분명 저격수가 당장에 석영의 대가리를 뚫어버릴 거다.

솔직히 좀 전에 피한 것도 정말 운이 좋았다. 아니, 감이 좋았다. 석영은 기다렸다. 기다릴 수밖에 없었다. 그 시간 동안 복면인들이 대놓고 라블레스가로 밀려왔다. 그때였다.

부슝!

퍽!

치안대원 하나의 대가리가 커다랗게 터져 나갔다. 그 순간 석영은 몸을 뒤집어 첨탑에서 뛰어내렸다.

으득!

바닥에 고양이처럼 착지한 석영은 상체를 숙이고 바로 건물의 뒷문으로 들어갔다. 석영이 들어오자 송이 '앗!' 하고 작게 탄성을 흘렸다.

"확실해요! 아까 말한 곳에 자리 잡고 안 움직이고 있어요!"

"알았어."

스윽.

송의 말을 듣고 주변을 살펴보았다. 거실은 정말 개판이다. 상처 입은 치안대원으로 가득했고, 그래서 신음 또한 가득했다. 그들을 정신없이 치료하는 휘린, 그리고 휘린과 비슷한 체구의 여인들. 하나는 왕녀이리라. 나머지는 시녀일 테고.

석영은 품에서 포션 스무 개를 꺼냈다. 비싼 거지만 그걸 따질 겨를이 없었다. 여기서 일단 사는 게 먼저다. 귀하신 몸인 포션 따위가 중요한 게 아니었다.

포션을 나눠준 석영은 조용히 이 층으로 움직였다. 놈이 저격하는 순간 움직였으니까 어쩌면 놈은 아직 첨탑을 노리고 있을 것이다. 이번엔 명백한 살의가 일어났다.

'죽여 버린다.'

창고의 쪽문. 다 필요 없다.

한 번만 움직여서 몸을 확인하면 된다.

"송, 기회 한번 만들 수 있겠어?"

뒤따라온 송에게 조용히 말을 건네니 송이 잠깐 고민하다 다부지게 고개를 끄덕였다.

"네가 다쳐서 얻는 기회 말고."

"할 수 있어요. 저격 한 번만 하게 만들면 되는 거죠?"

"그래, 총구에서 불빛만 번쩍이면 돼."

"알았어요. 신호는 평소처럼 할게요."

"…송."

"네?"

"다시 한번 말하지만 절대 무리하라는 소리가 아냐. 못 하겠으면 지금 얘기해. 다른 방법 찾게."

깡!

까가강!

날카롭게 들리는 쇳소리. 정원에서 근접전이 벌어졌다는 뜻이다.

"조금만 더 버텨라! 곧 증원이 온다!"

오렌 관리관의 외침과.

"이 개나리 십팔 색깔들이!"

차샤의 어이없는 욕도 들렸다.

"할 수 있어요. 아니, 할게요."

송이 다시금 다부지게 대답했다.

후우, 한 번, 한 번이다.

여자를 미끼로 쓰는 것 같아 기분이 너무 그렇지만 어쩔 수 없었다. 저격수는 지금도 조용하다. 충분히 정원을 노릴 만한데 가만히 있었다. 그건 석영을 기다리고 있다는 뜻. 송은 벌써 사라졌다.

그리고 석영은 시위를 당기고 창고의 쪽문 벽 옆에 기대고 섰다.

'모습만 드러나 봐. 넌 뒤졌어.'

으득!

창! 그그극!

깡!

악!

온갖 소리가 들려오고 있지만 석영은 눈을 감고 집중했다. 이 분 정도 지났을 때, 귀로 '삑!' 하는 소리가 들렸다. 그 순간 석영은 몸을 돌려 창가에 섰다.

투슝! 이어 들려오는 저격총 소리와 '악!' 하는 송의 비명.

그리고 저 멀리서 번쩍이는 총구.

투웅!

슈가가가각!

어둠을 찢고 날아간 화살이 퍽 소리를 냈다.

"크아아악!"

저격수의 비명이 바람결에 실렸지만 석영은 그 소리를 듣지 못했다. 그리고 뒤이어 소리가 울린 곳에 심판이 떨어졌다.

꽈아아앙!

석영은 더 확인할 생각도 안 하고 곧바로 송의 비명이 들린 곳으로 달렸다.

으득!

뒤뜰에 떨어진 송의 목 주변으로 붉은 피가 번지고 있었다.

석영은 달리면서 바로 포션을 꺼내 송의 입가에 집어넣었다. 그리고 다른 한 손으로도 포션을 따서 목 주변에 콸콸 부었다.

포션을 다 마신 송이 인상을 잔뜩 찡그린 채 입을 열었다.

"으으, 분명 피했는데……."

"알았어. 말하지 말고."

억울하고 분한 목소리였다.

"후우, 다행이다."

"미안해요. 저는 괜찮으니까 정원 지원을 좀……."

"안으로 들어가 있어."

"네……."

빨갱이의 위력은 역시나 대단했다. 이곳에서 비싼 이유가 있었다. 벌써 송의 찢겨진 목은 거의 아물어가고 있었다. 정말 다행이었다. 만약 송이 잘못됐다면? 정말 후회 속에, 죄책감에 몸부림칠 뻔했다.

그녀의 목이 찢어진 이유. 그건 아마 풍압 때문일 것이다. 송은 분명 피했다고 했다. 그렇다면 주변을 스쳐 지나간 강화탄이 일으킨 풍압이 부상의 원인이다. 그것밖에 없었다. 어쨌든 정말 다행이었다.

석영은 송을 부축해 거실로 옮기고 다시 첨탑으로 날래게 올라갔다. 정원은 개판이었다. 올라가는 순간에도 저격은 없었다. 저격수는 하나뿐이라는 뜻. 어째서 현실의 저격총이 있는 걸까 하는 의문은 잠시 접어뒀다. 지금은 이곳의 현장에 집중해야 할 때였다.

"단장, 저격수 잡았어요!"

그때 저택에서 송의 외침이 들렸다.

"그래? 이 개새끼들! 노엘, 진형 바꿔! 밀어낸다!"

"네!"

"아리스, 공간 확보해! 정문까지면 돼!"

"네네, 단장."

"발키리, 이제 이 잡것들 밀어낸다! 위에 우리 저격수 다시 왔으니까 실수 말고 하던 대로만 해!"

"넵!"

여성의 대답이라고 파이팅이 없을 것 같나? 절대로 아니었다. 오히려 그 반대였다. 사내의 기합과는 다른 기백이 느껴졌다. '겨우 마흔이?'라고 생각하면 오산이다. 전원이 B급 용병 자격증을 지닌 여인들이고, 개중에는 A급도 섞여 있는 용병단이다. 그럼에도 B급 용병단인 건 무력이 조금 부족하기도 했지만 안전 지향을 했기 때문이다.

지금껏 억눌려 있던 기세가 서서히 풀려 나온다. 용병이라면 보통 거칠고 제어가 되지 않는 난폭함이 있다. 하지만 이 여자들은 철저하게 교본대로, 훈련대로 움직였다. 그래서 석영도 노리기 쉬웠다.

'라블레스가의 정원이 좁은 게 이렇게 이득이 되다니…….'

게다가 지형도 좋다. 정문을 빼고는 담이 높아 침투하려면 애 좀 먹어야 할 것 같았으니까.

투웅!

퍼걱!

한 놈의 골반에 그대로 꽂히는 한 발. '억!' 소리를 내지르고 무너지자, 차샤가 불쑥 손을 뒤로 빼 엄지 척 하고 감사를 보내왔다.

두 놈이 앞에서 알짱거려 짜증 나던 차샤였는데 그걸 석영이 치워준 것이다. 괜한 고집? 그런 건 부리지도 않았다.

차샤는 대단했다.

A급 자격증을 화투 쳐서 딴 게 아니라고 자랑하려는지 자신이 맡은 공간 속에서 아주 활발하게 움직였다. 그것도 이도류란 특별한 도법으로 말이다.

서걱!

깡! 까강! 그그그극!

서걱!

차샤 앞에 있던 한 놈의 손목과 팔꿈치 관절 쪽에서 피가 쭉 솟구쳤다.

푹! 푹푹!

이어 물러나는 놈의 앞으로 고양이처럼 앞구르기 후 발목

옆, 오금을 차례대로 긋고 바로 뒤구르기로 물러났다.

그 일련의 동작들이 너무나 자연스럽고 재빨랐다. 석영에게 '가속'이 없었다면? 아마 피하지 못했을 것이다.

한지원의 동작이 차갑고 정적(靜的)인 느낌이 강하다면, 차샤의 동작은 그와 정반대였다. 어디로 튈지 모르는 유쾌함이 있는 것 같았다.

삑삑!

호각 소리가 들렸다.

발키리가 쓰는 신호는 아니었다. 귀 안이 아닌 귀 밖에서 들린 소리니까. 정문이 좁아 못 들어오던 병력이 양옆으로 흩어지기 시작했다.

"얼씨구? 쪼개시겠다고? 그럼 우리도 방법이 있지! 노엘!"

"네!"

"락만산 전투!"

"네!"

뭔 소릴까? 이런 의문은 그냥 접어두고 보면 된다.

담에 줄을 거는 놈들이 하나둘씩 보였지만, 어느새 송과 발키리의 저격수들이 한 면을 막고 올라오는 족족 쏴 맞추고 있었다. 일시에 올라오는 게 아니었다. 전술보단 그냥 힘으로 밀어붙이는 움직임.

둔탁한 느낌이 들었다.

퉁! 투둥!

도합 여섯 발의 화살이 왼쪽 담을 넘는 놈들을 모조리 떨궜다. 후방도 마찬가지. 석영은 최소 일 년은 정양해야 할 상처를 남겼다. 그러나 재수 없게…….

우르릉!

콰광!

심판의 벼락에 꽂힌 놈은 그 즉시 저승길 열차를 탔다. 랜덤 벼락이라 이건 석영이 어쩔 수가 없었다. 벌써 전투가 벌어지고 십수 명의 목숨을 빼앗았다. 아니, 석영이 무력화시키고 발키리가 끝낸 것들을 생각하면 훨씬 늘어날 것이다.

석영은 기계처럼 올라오는 족족 쏴서 떨어뜨렸다. 전방, 좌측, 후방까지 빙글빙글 돌며 움직이는 모든 놈을 떨어뜨렸다. 저격수가 만약 하나 더 있었다면? 석영의 대가리가 날아가겠지만 있었다면 노려도 한참 전에 노렸을 것이다. 그래서 석영은 안심하고 라블레스가를 넘는 모든 것을 제거했다.

퉁!

투웅!

시위 튕기는 소리가 귀에 지겹게 들어왔다.

석영은 슬슬 지치는 것을 느꼈다. 다른 건 몰라도 더블 샷과 추적 샷은 정신력 소모가 뒤따른다. 일종의 MP 역할을 하는 게 정신력이다. 그런 정신력이 적지 않게 날아갔는지 지끈지끈 뒷골에 통증이 올라왔다. 리얼 라니아가 생긴 이후 처음으로 느끼는 현상이지만 그것에 대해 깊게 생각할 틈이 없었다.

적이 꾸역꾸역 밀려왔다. 작정했는지 발키리 42명과 치안대 20명, 도합 62명조차 200명이 넘는 인원으로 정리를 못 했다.

그런데도 퇴각이 없었다.

정문의 차샤와 아리스의 활약은 눈부셨다. 그리고 그 뒤에서 발키리 전체를 이끄는 노엘 또한 범인을 넘어선 능력을 보여주고 있었다.

서걱!

아리스의 도가 적의 목 하나를 쳐올렸다. 빙글빙글 돌며 떠오르는 머리. 석영은 순간 눈이 마주친 것 같았다.

피식.

'지옥에나 떨어져.'

잔인하다고?

석영도 이상하게 생각할 만큼 사람이 죽는 모습을 보는 데 거부감이 없었다. 석영은 모르고 있었다. 이게 전장의 광기이고, 그 광기는 스스로도 의식 못 하는 사이에 이성에 스며든다는 것을. 전장의 초보자라 할 수 있는 석영이다. 이는 여러 현상 중 하나일 뿐이었다.

서걱!

푹!

차샤의 소태도가 적 하나의 가슴을 깊게 갈랐고, 노엘의 섬전 같은 찌르기가 적의 목을 푹 뚫고 들어갔다 나왔다. 사람의 목숨을 끊는 데 한 치의 망설임도 없는 모습들이다.

하긴 아무리 안전한 의뢰만 수행한다고 해도 B급 용병단이 되기까지 순탄했을 리 없었다. 그리고 저 정도의 실력들이 그저 훈련으로만 나올 수 없다는 것도 알아야 했다. 실전이 동반되지 않고서는 절대 나올 수 없는 모습이었다.

퉁!

콰광!

발키리 대원을 노리고 움직이던 한 놈을 저격했는데 심판의 벼락이 터졌다.

"우와!"

"어머나, 놀래라."

차샤의 현실적인 놀람과 하나도 안 놀란 것 같은 아리스의 목소리가 바람결에 실려 왔다.

"아, 좀 노크는 하고 들어와라!"

피식.

차샤의 외침에 석영은 순간 깜빡이란 단어가 떠올랐다. 유명한 영화의 대사인데, 어째서 그걸 알고 있는가 싶었다.

차샤와 아리스의 무력으로 정문은 싹 비워졌다. 정원으로 들어선 적은 하나도 없었다. 수준이 떨어지는 게 아니었다. 치안대야 워낙에 개인 무력에서는 알아주는 집단이고, 발키리 용병단 또한 방어 쪽에 특화되어 있는 집단이다. 좁은 전장, 방어전. 이 두 가지는 솔직히 발키리의 주특기였다.

후방 지원만 확실하다면 A급 용병단이나 기사단에도 밀리지 않는 게 발키리 용병단이다.

"하, 빡세다, 빡세."

"아, 목말라."

도를 어깨에 척 걸친 차샤의 말에 아리스도 비슷한 동작을 하고는 손등으로 이마의 땀을 슥 훑어냈다.

기가 막힌 모습이다.

피와 살이 튀는 전장에서 저런 여유라니. 이제 적의 눈빛에는 완연한 공포가 깃들어 있었다. 배 이상의 병력으로 달려들었는데도 라블레스가의 정원을 뚫지 못했다. 벌써 백 이상의 사상자가 나왔고, 머릿수 자체가 비슷해지고 있는 상황이다. 200명으로도 못 뚫었다. 그걸 100명도 안 되는 인원으로 뚫는다고?

그런 낙관적인 생각 자체를 한다면 뇌에서 나온 생각이 아닐 거라 단언할 수 있다.

"왜 더 안 와? 이제 몸 좀 풀렸구만."

"저도요. 애 낳고 몸조리만 했더니 아주 엉망이네요. 감각이 별로예요."

피식.

두 사람의 거침없는 도발 아닌 도발에 석영은 그냥 웃고 말았다. 석영이 느끼기에 거리가 상당함에도 이상하게 잘 들린 그 말은 도발이 아닌 사실 그대로, 있는 그대로의 감정을 뱉어낸 말이었다.

잠시의 소강상태 후 차샤가 목을 두둑 꺾고는 말했다.

"슬슬 다시 시작할까?"

"네네, 단장."

차샤와 아리스가 한 발 내딛자 적이 주춤 물러났다.

그걸로 확실해졌다.

이놈들, 전의를 이미 상실했다.

전의의 상실은 전투의 끝을 의미한다.

그리고 아주 타이밍 좋게.

두드드드!

대지가 진동하기 시작했다.

저 멀리 말발굽 소리가 들려왔다.

오렌 관리관을 구하러 온 증원군이었다.

치안대가 출동했다면 저들에게는 이미 일말의 가능성도 없었다.

삐삐삐!

세 번의 호각이 울리더니 그대로 산개하여 각각 살길을 찾아 도망치기 시작했다.

무표정의 귀신. 악귀라 표현해도 될 정도로 살벌한 얼굴을 한 오렌 관리관이 정원 쪽으로 천천히 이동했다. 그의 검술도 빛났다. 다만 차샤와 아리스가 워낙에 강렬한 인상을 남겨 잘 안 보였을 뿐이다.

"일 조를 뺀 나머지 조는 잔당 토벌을 실시한다! 포로야 본

청에서 적당히 잡았으니 모조로 추살해! 감히 치안대 본청에 테러를 감행한 놈들이다! 단 한 놈도 살려두지 마라!"

"네!"

치안대의 우렁우렁한 외침이 말발굽 소리를 가볍게 뚫고 석영의 귀에까지 들렸다. 석영은 짧게 한숨을 내쉬었다. 남은 기력이 쭉 빠져나가는 것 같은 기분이 들었지만, 아직은 쉴 때가 아니었다.

주변에 혹시 적이 숨어 있나 살펴본 후 동그란 돌벽에 등을 기댔다. 차가운 돌의 감촉이 팔뚝을 타고 스며들어 달아올라 있던 체온을 식히기 시작했다. 석영은 이런 경험은 정말 처음이다.

몬스터는 사실 많이 죽여봤는데 사람을 죽이는 전투, 아니, 전쟁은 처음이었다. 몇백이 뒤엉켜 서로 죽이는 처참한, 살의가 가득한 전장. 이제야 비릿한 혈향이 맡아졌다.

"우욱!"

그리고 뒤늦게 구역질이 올라왔다. 사람의 몸에서 뿜어진 대량의 피는 이렇게 역겹고 지독하다는 걸 느낄 수 있는 필요없는 경험을 했다.

"괜찮아요?"

빠끔히 고개만 불쑥 들이민 송의 말에 석영은 그냥 말없이 고개만 끄덕였다. 사실 괜찮지 않았다. 정신적으로 매우 지친 상태였다. 전투가 끝나기 전까진 괜찮았는데 끝나고 나니 남아 있던 정신력이 '걸음아, 나 살려라' 하고 귀신에 쫓기는 것처럼 죄다 도망갔다.

"여기 물요."

"후우, 고마워."

석영은 바로 물을 벌컥벌컥 마셨다. 차가운 물이 들어오자 무겁던 머리가 조금은 가벼워지는 착각이 들었다.

다시 짧은 한숨과 함께 돌벽에 기대 눈을 감은 석영은 그대로 기절하듯 잠에 빠져들었다.

그래, 착각이 맞았다.

석영은 이틀을 정말 죽은 듯 잠만 잤다. 아예 미동도 안 하고 자자 놀란 휘린이 치료사를 몇 번이나 부를 정도였다.

잠에서 깬 석영은 극심한 허기를 느꼈다. 평소라면 거북하지 않을 정도까지만 먹지만, 아주 작정한 듯 고기와 수프, 빵을 먹어치웠다. 그리고 또 잤다. 무려 하루를 더 자고 나서야 일어난 석영은 평상시로 돌아왔다. 그리고 일어난 뒤 바로 치안대에서 오렌을 마주 보고 있었다.

"잠은 다 잤나?"

"네, 아주 푹 잤습니다."

뚜득, 뚜득.

아직 덜 풀린 목을 풀며 대답하는 석영은 이전과 달랐다. 오렌도 빤히 그런 석영의 변화를 보더니 피식 웃음을 흘렸다.

"자네, 성장했군."

"성장까지는 모르겠지만 마음가짐이 달라진 건 확실합니다."

"그래 보여. 딱딱하고 경계심이 꽤나 있었는데 지금은 경계심 대신 여유가 느껴져. 이번 전투가 자네에겐 나쁘지 않았어."

"뭐, 그렇게 생각합니다."

그건 확실히 석영도 느끼고 있었다.

타락 천사의 심판.

그 때문에 살인을 했다. 하지만 이 미친 멘탈 보정은 살인을 무덤덤하게 만들어줬다. 물론 단순히 그걸로 끝이 아니었다. 살인. 그 단어 자체가 지금 현재 자신이 서 있는 위치를 아주 적나라하게 보여줬고, 석영은 그걸 제대로 받아들였다.

'어수룩해선 안 되고 빈틈을 보여서도 안 되는, 말도 안 되는 위치지.'

누누이 설명한 거지만 이제는 게임이 아니었다. 까딱 잘못하는 순간 모가지가 날아가는 자리에 자각 없이 서 있던 것이다.

"그래서 어딥니까?"

"조사 중이야. 제법 버티고는 있지만 치안대의 고문은 프란 왕국에서도 악명이 자자하지. 곧 알아낼 수 있을 거야."

대답하는 오렌의 얼굴에 깃든 미소는 무서웠다. 사실 치안대의 넘버 2가 가진 힘은 석영이 잘 모를 뿐이지 어마어마했다. 그런 치안대를 노리고 테러가 일어났다. 테러의 목적이야 딱 봐도 마리아 왕녀이고.

아마 흉수가 밝혀지는 순간, 왕국 치안대 넘버2 오렌 관리관의 분노가 무차별 폭격처럼 쏟아질 것이다.

실제로 오렌 관리관은 그럴 위인이기도 했다. 지금이야 이렇게 조용히 웃고 있지만 실제로 그는 거대한 분노를 속에 가둬두고 있는 상태였다.

"오늘 저를 보자고 한 이유는 뭡니까?"

말투가 변했다.

석영도 이제 어차피 발을 제대로 푹 담근 상태이다. 어쩔 수 없이 엮였지만, 이제는 치안대의 힘이란 것도 써볼 작정이다.

"일정을 좀 당길 수 있겠나?"

"흠, 그건 휘린 가주에게 할 말이 아닌가 싶습니다만."

"아, 일정을 당겨야겠네."

"전달했습니까?"

"그럼. 자네가 겨울잠 자는 곰이 됐을 때 벌써 했지."

피식.

그럼 왜 불렀지?

모르면 물어보면 그만이다.

"그럼 저를 부른 이유는?"

"그냥 얼굴이나 보고 싶었네."

피식.

설마 그 말을 그대로 믿을 정도로 순진한 석영이 아니었다. 원리 원칙을 철저하게 따지는 오렌 관리관은 절대 용건 없이 사람을 오라 가라 할 사람이 아니었다. 석영이 조용히 웃음을 흘리고 말자 피식 웃으며 다시 말을 잇는 오렌.

"마리아 왕녀님이 자넬 보고 싶어 하네."

거봐라.

용건이 분명히 있지.

자리에서 일어난 오렌의 따라오라는 손짓에 석영도 조용히 자리에서 일어났다. 그는 치안대의 가장 상층부로 올라갔다. 아니, 옥상이라는 표현이 더 잘 어울리는 곳이었다. 꼭대기에 작은 모옥을 짓고 살고 있었으니까. 화초와 함께 말이다.

'왕녀라며?'

석영이 요상한 표정을 지을 정도로 정말 어울리지 않는 공간이었다.

"마리아 왕녀님."

오렌의 부름에 화초에 물을 주고 있던 마리아 왕녀가 긴 머리를 휘날리며 돌아섰다. 전투 당시 안으로 들어가는 것만 봤지 얼굴은 못 봤다.

돌아선 왕녀의 모습을 표현하자면 뭐랄까, 수수함의 극치? 딱 그랬다. 특징적인 금발만 아니었다면 어디 시골 처자라고 해도 믿을 정도로 수수한 외모였다. 다만 왕녀라 그런지 기품은 확실히 있었다. 특히 눈빛. 석영은 이런 눈빛을 본 적이 있다.

'이 여자도 대단하겠네.'

한지원의 착 가라앉은 눈빛을 마리아 왕녀도 하고 있었다.

"오셨어요?"

구슬 굴러가는 목소리로 차분하게 나온 인사말.

테러를 당한 지 사 일 정도 지났다. 만약 일반인이었다면 아직도 불안감에 떨고 있어야 정상이다. 마리아 왕녀는 확실히 일반인이 아니었다. 굉장히 담담한 모습. 꾸며낸 모습이 아니라 정말 제 모습이었다.

석영은 자신의 생각이 틀리지 않을 거라고 생각했다. 외면도 내면도 단단한 사람이 있다. 한지원처럼. 마리아 왕녀는 육체적 능력은 떨어져도 정신적인 부분에서는 아마 최소 한지원과 버금갈 거라는 생각이 들었다.

"이분이신가요?"

마리아 왕녀의 시선이 석영에게 넘어왔다.

"네, 이 친구가 저희를 도와준 저격수입니다."

오렌이 저격수라는 말을 강조했고, 마리아 왕녀는 그 말에 조용히 고개를 끄덕였다. 왕녀의 시선이 다정하게 변했다. 전형적인 호감 섞인 시선. 그래서 석영이 도리어 부담스러웠다.

"반가워요. 마리아라고 편하게 불러주세요."

"석영… 입니다."

편하게 불러달라고 진짜 편하게 부를 정도로 석영은 멍청이가 아니었다. 게다가 상대는 왕녀. 게임 속 왕녀가 아닌, 정말 다른 세상의 왕녀가 바로 눈앞에 있었다.

"그날은 너무 고마웠어요. 덕분에 이렇게 무사할 수 있었답니다.”

“아닙니다. 오렌 관리관님과의 약속을 지켰을 뿐입니다.”

“그래도요. 결과적으로 그 약속을 지킨 석영 님의 행동이 제 목숨을 구했는걸요.”

사르르.

입가가 올라가며 생긴 보조개. 순둥이 같은 미소지만 석영은 이상하게도 경계심이 생겼다. 본능적인 거부감? 석영을 아웃사이더로 살게 한 원인 중 하나가 이런 거부감이었다. 왜 그런지는 석영 본인도 모른다. 그냥 거부감이 생겼다. 지금 당장 따져도 오렌이나 휘린에게는 그런 거부감이 느껴지지 않았다.

‘가까이해서는 안 될 부류.’

석영은 마리아 왕녀와의 짧은 대화에서 그녀를 그렇게 판단 내렸다. 섣부른 판단이 될 수도 있겠지만 석영은 자신의 감을 믿는 쪽이다. 괜히 엮였다가 이 이상 곤란한 상황에 처하는 건 절대 사양이었다.

석영은 오렌을 바라봤다.

자신을 왜 이곳에 데리고 왔느냐는 의문을 담고서.

“흠흠.”

역시 그의 눈치는 빨랐다.

“왕녀님.”

“아, 잠시만 기다리시겠어요?”

마리아 왕녀는 바로 자신의 초라한 모옥을 향해 걸어갔다.

걸어가는 그녀의 등을 보며 석영은 조용히 말했다.

"더 이상 곤란한 상황은 사양하겠습니다."

"그저 약소한 선물을 보답으로 주고 싶은 마리아 왕녀님의 마음을 거절하지는 말게나."

정말일까?

의구심 때문에 눈매가 가늘어진 석영의 어깨를 오렌 관리관이 툭툭 쳤다. 다시 나온 마리아 왕녀는 손에 작지 않은 크기의 궤짝이 들려 있다.

"이걸 받아주시겠어요? 제 목숨값이에요."

대놓고 목숨값이라고 하니 거절하기 난감해진 석영이다. 받아, 말아? 잠깐의 고민 뒤 석영은 받기로 했다. 이걸 안 받으면 그것도 어차피 문제가 될 것 같았기 때문이다.

"감사합니다."

적당한 예와 함께 궤짝을 받은 석영은 그걸 바로 인벤토리에 넣어버렸다. 그러자 눈을 동그랗게 뜨는 마리아 왕녀. 인벤의 존재를 모르니 놀랄 만도 했다.

"자네, 부자였군."

오렌 관리관도 한마디 거들었다.

이어 마리아 왕녀가 화초밭 사이에 놓은 테이블로 석영을 안내했다. 시녀도 없이 혼자 사는지 직접 차를 내온 왕녀는 다소곳한 자세로 석영의 건너편에 앉았다. 여기는 정말 차를 좋아하나 보다.

이어지는 티타임 동안 별다른 대화는 없었다. 한 십 분쯤 지났을 때, 마리아 왕녀가 먼저 말을 이었다.

"석영 님은 어디서 오셨나요?"

하필이면 족보 캐기다.

하지만 이미 적당한 변명거리를 생각해 뒀다. 오렌 관리관에게 한 그 변명거리 말이다.

"먼 곳에서 왔고, 홀로 오랫동안 산에서 있었습니다."

"아, 그러신가요. 그럼 프란 왕국에 대해서도 잘 모르시겠네요?"

"네."

망설임 없이 고개를 끄덕인 석영은 이어 불안감이 엄습함을 느꼈다. 이 대화, 또 어떤 곤란한 상황의 포문이 될 것 같았기 때문이다. 아니나 다를까, 마리아 왕녀의 시선이 찻잔에 고정된 채 입이 열렸다.

"왕국 프란은 지금 매우 썩어 있어요."

하아, 미치겠다.

듣고 싶지 않은 얘기가 바로 나온다.

'이거 굿이라도 해야 하나, 진짜?'

석영의 대답이 없는데도 마리아 왕녀는 얘기를 멈추지 않았다.

"안에서부터 곪은 것들이 아직은 대외적으로 보이지 않지만 지금 왕가와 일부 대신들이 악착같이 막고 있어 그렇지, 언제고 터져 농양을 사방에 뿌려도 이상하지 않을 상황이에요."

그건 대충 이해를 했다.

정상인 나라에서 일국의 왕녀가 테러를 당하진 않을 테니 말이다.

"국외도 불안해요. 왕국 프란은 휘드리아젤 대륙 중앙에 위치해 있어 거의 모든 상단이 관통하는 물류의 요충지죠. 욕심을 내는 왕국이 한둘이 아니에요. 다만 지금까지는 말했듯이 필사적으로 막고 있기 때문이에요. 내란이 일어나면? 최소 두세 개 왕국에서 프란을 찢어 먹을 거예요."

"……."

"특히 프란의 북동쪽에 자리 잡고 있는 우르크 왕국은 정말 위험해요."

별다른 설명 없이 위험하다고 해서 석영은 왜 위험한지 알 수가 없었다. 그런 석영의 의문을 알아챘는지 오렌이 답을 줬다.

"초인이 있네. 그것도 엄청 호전적인 초인이."

"아아."

"피라면 아주 사족을 못 쓰는 작자야. 평소에는 용병으로 움직이며 피를 맛보고, 전쟁이 터지면 바로 달려와서 최전방에 서는 놈이지. 위험해."

"그런 놈이 왜 여태껏 조용히 있었습니까?"

"우리 프란 왕국의 북동쪽 방면 군을 이끄는 사령관이 뛰어나거든. 조직력이 대단해. 훈련도 최고고. 그래서 쉽게 움직이지 못하고 있던 거야. 실제로 예전 국지전서 한 번 처참하게 쓸리기도 했고."

"그럼 그 사람은 초인이 아닙니까?"

"아니네. 용병술 하나만으로 따지자면 훨씬 대단한 양반이 마도 제국 알스테르담에 있거든. 그 양반에 비하면 확실히 차이가 나서 초인명을 받지 못했지."

"흠……."

피에 미친 놈이라.

진짜 그런 놈이라면 위험하긴 할 것이다. 실제 지구에서도 피에 미친 놈들이 연일 터뜨리는 사고가 하루가 멀다 하고 방송을 통해 나오니까 말이다. 그런 놈들이 연합한 학살 혈맹이고, 현재 정부는 물론 정의 혈맹에서 예의 주시 하고 있었다. 하지만 전문가들은 말한다. 언제고 그들은 사고를 칠 거라고.

그것도 아주 거대하게.

마리아 왕녀의 입이 다시 열렸다.

"왕국의 가신이 되어달라고는 안 할게요."

그럼?

"다만 걱정하는 사태가 벌어지면 우르크의 그 미친 초인만 막아주세요."

'하아.'

석영은 속으로 한숨을 내쉬고 메시지를 기다렸다.

서브 퀘스트 '우르크 왕국의 혈전사를 저지하라' 퀘스트가 발생했습니다.

시스템 공지가 어김없이 석영의 뇌리로 날아들었다.

episode 26
아영의 여행

석영은 중히 생각해야 할 일이라며 대답을 미뤘다. 우르크의 혈전사보다 다른 게 더 고민이었기 때문이다.

'서브 퀘스트라…….'

왕녀가 직접 준 퀘스트다.

그런데 메인 퀘스트가 아닌, 서브 퀘스트 꼬리가 붙었다. 이건 휘린의 일보다는 중하지 않다는 뜻으로 봐도 좋았다. 그렇다면 굳이 위험을 자초할 필요가 있나? 석영의 고민이 바로 이 부분이다.

'그렇다면 버리면 된다.'

하지만 쉽게 버릴 수도 없었다.

퀘스트 진척도.

이게 석영의 입에서 거절이란 단어가 나오지 못한 이유였다. 빌어먹을. 석영은 걸어가다 짧게 혀를 찼다. 눈을 뜨자마자 이게 뭔 일인지. 또 정신이 멍했다. 이럴 땐 그저 조용히 쉬는 게 최고였다.

발키리 용병단이 지키는 라블레스가에 도착한 석영은 바로 이 층 자신의 방으로 들어갔다. 깔끔하게 정돈된 방. 들어오면서 마주친 헨리가 휘린은 공방에 일을 나갔다고 했으니 들어오려면 아직 반나절은 있어야 할 것이다.

한숨 자려다가 며칠간 시체처럼 자서인지 잠이 오질 않은 석영은 다시 침대에서 일어나 밖으로 나갔다.

뒤뜰 연무장으로 나가니 라울이 발키리 용병단원 한 명과 목검을 들고 대련하는 게 보였다.

헨리도 나와서 팔짱을 낀 채 신중한 눈으로 지켜보고 있고, 주변에 발키리 용병단 몇 명이 여기저기 앉아 구경하고 있었다. 석영도 잘 보이는 곳에 자리를 잡고 라울과 발키리 용병단원의 대련을 지켜봤다.

라울의 검술은 잘 모르는 석영이 보기에도 확실한 정석파였다.

일단 검도처럼 다부지나 딱딱한 자세를 하고 있었다. 반대로 용병단인 발키리의 단원은 어딘가 건들거리는 자세였다.

실력 차이는 분명히 나 보였다.

당연히 용병단원이 훨씬 여유가 있었다.

입가에 맺힌 미소와 공격을 받아주고 있지만 순간순간 들어가는 회심의 반격들이 그랬다. 라울은 입술을 꾹 깨문 채 대항하고 있지만, 확실히 발키리 용병단원이 강했다. 그런데 어딘가 낯이 익었다.

'아리스… 라고 했던가?'

차샤와 함께 정면을 맡아 막아내고 반대로 저돌적으로 밀어내던 검사. 아니, 도였으니 도객이란 말이 더 정확할 것이다. 수백의 적을 정면에 두고도 기백을 잃지 않던 백전연마의 용병.

'거기에다가 거침없는 입심까지.'

석영에게 아리스의 첫인상은 그랬다.

힐끔.

그런 아리스가 석영을 발견하고는 목검을 고쳐 쥐었다. 딱 봐도 슬슬 대련을 끝내려 하는 것 같았다. 검과 도의 용도는 분명 다른 데도 아리스의 공격은 마치 폭풍 같았다.

쉬익!

"아니지, 그게."

빡!

"큭!"

정면으로 들어가는 것처럼 보여주고 라울이 물러나자 자세를 쭉 낮추고 반 박자 빠른 스텝으로 그대로 목검을 찔러 넣었다. 목검은 그대로 라울의 옆구리를 툭 찌르고 나왔다.

라울은 신음을 흘리면서도 자세는 무너지지 않았다. 순간적인 고통이 상당할 거다. 참을성, 인내심은 확실히 나쁘지 않은 라울이다. 하지만 그 정도로는 아리스를 상대할 수 없었다.

쉭!

매끄러운 궤적을 그리며 어깨로 떨어지는 아리스의 목검.

빡!

라울이 급히 손목을 틀어 올리며 목검을 막았지만 막고 나서가 문제였다. 연환 공격, 혹은 이격. 빙글 회전하며 돌아온 돌려차기가 라울의 얼굴에 그대로 처박혔다.

퍽!

"커윽!"

그 한 방이 제대로 턱을 갈기자 라울은 실 끊어진 인형처럼 바닥에 엎어졌다. 라울의 경지가 아직 부족한 것도 있지만 아리스가 너무 강했다. 헨리가 라울을 챙겨 자리를 뜨자 예상한 대로 아리스가 석영에게 다가왔다.

"안녕하세요?"

끝 음이 올라간 재미있는 인사다.

말은 안녕하냐고 물어놓고 안녕하긴 하냐고 묻는 것 같았다. 그러면서 거침없이 슥 나온 손. 석영은 잠시 그 손을 바라봤다.

'악수도 있었나?'

이젠 그리 신기하지도 않았다. 알파벳에 한글, 한문까지 존재하는 세상이다.

"에이, 손 무안하게."

"아, 미안합니다."

석영은 손을 뻗어 손바닥에 가볍게 가져다 댔다. 그러자 아리스는 제대로 딱 잡아 몇 번 흔들고는 놔줬다.

"그런 배려는 별로예요?"

피식.

용병이라 그런가, 아니면 원래 성격이 그런 걸까? 좀 꿍한 구석이 있는 차샤와는 다르게 상당히 시원시원한 성격이다.

"그날 지원은 아주 죽여줬어요. 솔직히 없었으면 탈탈 털렸겠지만 덕분에 재밌는 싸움 한번 했어요."

"제가 할 일이 없습니다. 계약이었으니까."

시원시원하고 거침없는 입심이다.

"누구 밑에서 배웠어요?"

"독학입니다."

당연히 스승은 없는 석영이다.

"이야, 그럼 진짜 대단하네. 혼자 수련으로 초인이 됐다면… 아하하!"

아리스는 상큼하게 웃었다.

그런데 왜일까?

아리스 너머에 있던 발키리 용병단원들이 갑자기 안절부절

못하는 게 보였다. 곤란해하는 딱 그런 표정들이다. 설마 시비라도 거는 건 아니겠지 하고 석영이 생각하는 순간, 아리스가 다시 입을 열었다.

"제가 아무리 못 배웠어도 대뜸 칼부터 날리는 사람은 아니니까 안심해요."

움!

그러나 발키리 용병단원들은 또 고개를 도리도리 저어댔다. 마치 이 말이 사실이 아니라는 것처럼. 그러니 긴장하고 있으라는 것처럼. 나무 위에서 자던 송이 깨서 하는 말이라 어쩐지 더욱 믿고 싶었다.

"뒤에, 언니는 뒤통수에도 눈 달려 있는 거 잊었나 봐?"

헙!

"저희 아무것도 안 했습니다! 믿어줘요!"

송이 급히 변명하는 걸 보고 석영은 그냥 피식 웃고 말았다. 이 정도면 알아서 말해달라는 것 아닐까?

"한판 붙어보자는 거죠?"

"그렇지! 그거지! 역시 눈치가 빨라서 좋아요, 우후후!"

뭐가 그리 좋은지 의미심장하게 웃는 걸 본 석영은 한쪽 구석으로 이동했다. 몸을 풀기 위해서였다. 그런 석영에게 송이 쪼르르 달려왔다.

"저기……."

"나무 화살이나 네 개만 줘."

"네……."

송은 머뭇거리다가 석영의 말에 허리에 연습용으로 끼고 있던 화살을 빼서 석영에게 건네줬다. 전부 열 발. 석영은 이만큼은 필요 없다며 다시 여섯 개를 송에게 줬다.

"풀 네임으론 아그리스 이스, 저희 교관님이세요."

"실력은?"

"차샤 언니와 동급. 지형에 따라서 승패가 갈려요. 이렇게 연무장처럼 방해물이 없으면 아리스 언니가 이기고, 숲 같은 지형이면 움직임이 좋은 차샤 언니가 승률이 좋아요."

"조심해야 할 건 있어?"

"아리스 언니가 발도제의 제자예요."

"발… 도제?"

바람의 검심?

미치겠다, 진짜. 여긴 정말 초인명이 사람 오그라들게 만든다.

"네, 악시온 제국의 발도제. 그분이 말년에 가르친 제자가 아리스 언니예요. 그런데 어떤 이유 때문에 마지막 수업을 못 받고 나왔대요."

"음……."

"그것만 받았으면 분명 초인명을 얻었을 정도로 도객으로서의 실력은 출중해요."

송은 아리스의 속옷까지 까발려 줄 기세로 열심히 알려줬다. 아마 그날 합을 맞춰 적진의 스나이퍼를 잡았을 때 둘 사이에 동료애가 형성된 게 분명했다. 석영도 이곳에서 최초로 말을 놓은 송이다.

귀엽고 말 잘 듣는, 그래서 현실에는 존재할 수 없다는 동생 같았다. 아영이와는 확실히 달랐다.

몸을 대충 푼 석영이 시위에 화살을 걸었다.

그걸 본 아리스의 표정이 묘하다.

"한 방에 끝내려고요?"

"막으면 진지하게 임하겠습니다."

"이야, 자존심 상해라. 좋아요. 내가 꼭 막는다, 진짜."

아리스의 입가에 싱그러운 웃음이 걸렸지만, 눈은 화르르 불타오르기 시작했다. 독이 오른 모습이다.

"갑니다."

"와봐요!"

가속, 속사. 짧게 읊조린 석영이 시위를 놨다.

투두두둥!

슈가가악!

전후좌우.

네 방향을 노린 화살이 유려하게 궤적을 그리며 아리스에게 쏘아졌다.

빡 빠박! 퍽!

세 개는 훌륭하게 쳐냈다. 하지만 마지막 한 발, 뒤통수를 노린 한 발은 피하지 못한 아리스.

"아, 씨……."

그녀는 짧은 욕설만 남기고 그대로 기절해 버렸다. 그래도 세 발이나 막았다. 칭찬해 줄 만한 방어였고, 송이 도도도 아리스에게 달려가는 걸 보며 석영은 신형을 돌렸다.

*　　　*　　　*

어두컴컴한 숲에 갑자기 불이 쪼르르 치솟았다.

"오? 오오, 아싸!"

그러자 올라온 불빛을 보며 얼굴에 먼지를 잔뜩 묻힌 여인이 환호성을 질렀다. 그러나 그것도 잠깐, 불길이 꺼질까 봐 급히 나뭇잎과 조각낸 나뭇조각들을 불에 넣었다.

"호, 호오, 꺼지지 마라. 호, 호오……."

연신 불에 바람을 집어넣는 여인 아영의 말 한마디 한마디는 정말 간절함이 철철 넘쳐흘렀다. 멍청하게도 생존 아이템들을 안 사고 그냥 나온 결과였다. 요즘 같은 현대화 시대에, 아니, 이곳으로 따지자면 마도 시대에 생존 키트도 안 챙긴 아영 스스로가 그냥 멍청해서 생긴 결과였다.

불이 이제는 제법 힘이 붙어 화르르 타올랐다. 하지만 아영은 안심하지 않고 좀 더 마른 나무를 불에 집어넣고 나서야 숨을 돌렸다.

"후아……."

불을 피우는 데 죽는 줄 알았던 아영이다. 얼굴은 먼지투성이고, 진이 쫙 빠져 드라마와 영화에서 날고 기던 김아영의 모습은 찾아볼 수가 없었다.

인벤토리에서 육포를 꺼내 툭툭 끊어 먹던 아영은 이내 누군가를 떠올리고는 눈을 샐쭉하게 찢었다. 이 일의 원흉을 떠올린 것이다.

"이 오빠를 그냥……."

퀘스트에 집중한다면서 어느 날 아예 접속 해제도 안 하고 게임 속에서 살고 있는 석영을 향해 이를 갈았다. 하루, 이틀, 일주일이 넘어도 석영은 집에 모습을 드러내지 않았다. 다행히 마지막 날 어디로 향하는지 퀘스트를 위해 위탁한 가문의 이름은 말해주고 갔다.

아영은 일주일이 넘고 구 일째 되는 날, 결국 본인의 퀘스트를 포기했다. 그리고 석영을 찾아 나섰다.

이유?

동생에게 말도 없이 퀘스트만 주구창장 파고 있는 석영이 괘씸해서란, 스스로에게 아주 유리하게 합리화한 내용이 그 이유다. 또한 가서 물씬 괴롭혀 주고, 석영의 퀘스트를 도와 옆에서 떡고물도 좀 얻어먹고, 석영이 강해져야 앞으로 앞날이 편해질 거라는 말도 안 되는 합리화까지 했다. 분명 다른 이유가 있을 텐데 말이다.

어쨌든 바로 떠날 채비를 했다. 식량을 비롯해 다른 건 잔뜩 사놓고 정작 중요한 불 피우는 도구나 그릇 등은 사질 않았다.

그런데 이건 또 어떻게 보면 당연한 일이었다. 연예인의 신분인 아영인데 스스로 뭘 해본 적이 있겠나? 다 매니저가 알아서 해줬지. 그래서 지금 이 개고생이다. 다행히 지도는 챙겨와서 이정표를 따라 잘 가고는 있었다.

"후우, 어디 보자."

인벤에서 꼬깃꼬깃 접힌 지도를 꺼내 불빛에 비춰 보았다.

분명 프란 왕국으로는 들어섰다. 북동쪽 방면으로 들어섰으니 왕도 프란까지는 얼마 안 남았고, 왕국의 중심에 있는 상업도시까지는 도보로 약 이십 일 정도 소요될 것 같았다. 다행히 주문서 덕분에 강화된 체력이라 이렇게 오고 있지, 그게 아니었다면 절대로 못 할 짓이다.

지도를 다시 집어넣고 준비했다.

"아, 씻고 싶다. 으으!"

날벌레도 문제지만 땀에 젖은 몸에서 나는 냄새와 찝찝함은 진짜 상상을 초월할 정도의 짜증을 아영에게 떠넘기고 있었다. 저녁 내내 나무를 모으며 찾아봤지만 냇가도 없었다. 아주 짜증 만땅인 상황이다.

"신전, 신전부터……. 음냐, 음냐."

벌써 잠이 오는지 해롱해롱한 목소리로 중얼거렸다 스르르 의식이 끊기려는 찰나, 부스럭거리는 소리에 아영은 몸을 뒤집으며 일어서 어느새 방패와 검을 쥐었다.

침묵과 함께 소리가 들려온 방향을 노려보았다. 맹하다고 해도 아영은 석영이 인정한 기사이다. 그것도 근접전 탱과 딜이 동시에 가능한 기사 말이다. 그런 아영이 일변한 기세로 소리가 들려온 곳을 노려보자 순식간에 긴장감이 피어났다.

부스럭!

흠칫!

'뭐지? 안전 구역은 설정했는데? 알람도 안 울렸잖아?'

몇몇 아이템은 아직도 제대로 기능을 발휘한다. 귀환, 순간이동 주문서는 어느 순간부터 종이 쪼가리가 됐지만 이런 알람 아이템은 제대로 작동했다. 알람도 울리지 않았는데 부스럭거리는 소리는 점점 가까워지고 있었다.

부슥, 부스스!

수풀 소리가 이렇게 무서울 줄이야. 아영은 뒤로 몇 걸음 물러났다. 소리가 들리는 수풀과의 간격이 너무 짧았다. 만약 감당 못 할 속도로 튀어나오면? 그 뒤는 생각할 것도 없었다.

부스!

흠칫!

놀라는 순간, 하얀 털이 삐죽 튀어나왔다.

뒤이어 털이 뭉글거리더니 앞발이 턱 땅을 짚었다.

'고양이? 늑대? 개?'

아영은 자신이 귀여운 동물이라면 사족을 못 쓴다는 걸 아주 잘 알고 있었다. 하지만 저번에 미친 곰탱이한테 몸이 찢길 뻔한 이후로는 이곳의 동물들을 믿지 않았다. 그런데 뒤이어 완전히 나온…….

냐아?

이 요상한 생물체는 상상을 초월했다.

고양이를 닮았다. 울음소리도 그랬다. 수풀을 나온 놈은 아영을 보며 잠깐 고개를 갸웃하고는 모닥불 쪽으로 그 짧은 다리를 움직여 도도도 달려왔다. 그러고는 불에 달궈진 바닥에 몸을 마구 굴렸다. 그러면서 '냐, 냐! 냐아!' 하는데 그 귀여움이 정말 아영의 심장에 무자비하게 폭격을 가했다.

"어으, 안 되는데… 으흐!"

입꼬리가 비죽비죽 올라가는 걸 참기가 너무 힘들었다. 몸에 뜨겁게 덥혀진 흙을 잔뜩 묻힌 놈이 일어나자 안 그래도 힘든 아영은 고개를 도리도리 저었다.

냐, 냐아.

"안 돼. 오지 마. 응? 으흐흐!"

입꼬리가 이미 잔뜩 올라간 채로 오지 말라고 하는 아영은 무슨 정신 분열에 걸린 여자 같았다. 그러면서 모닥불을 돌아 다가오는 놈을 피해 뱅뱅 돌기 시작하니 아영은 쫓기고 놈은 짧은 발로 아장아장 걸어 쫓는 모양새가 됐다.

달밤의 체조도 이보다 웃기진 않았을 것이다. 그러나 어딘가 흐뭇해 보이는 그림이기도 했다. 정신이 혼미해질 정도로 귀여운 고양이와 아영이의 모습은 쉽게 볼 수 없는 그림이니 말이다.

"아, 몰라! 항복! 꺄아!"

'이걸 안 안아주는 건 죄야! 벌이야!'라고 크게 소리친 아영이 덥석 놈을 들어 올렸다.

냐아.

"어흐흐, 어흐흐!"

고양이를 닮은 놈을 뺨에 대고 비비는 아영이의 눈은 이미 홱 돌아 있다. 귀여운 것에 사족을 못 쓰는 그녀다웠다. 그러다가 꾸륵꾸륵거리는 소리에 뺨에서 놈을 떼고 빤히 바라보았다.

"배고프니?"

냐아, 냐아.

불을 피웠어도 이미 사위가 어두워 놈을 제대로 못 본 아영이다. 지금 제대로 보니 많이 야윈 것 같았다. 아영은 얼른 인벤토리에서 빵을 꺼냈다. 육포가 있지만 이 작은 애가 그걸 뜯어 먹을 수 있을 것 같지 않았다. 우유도 있지만 어디서 아기 고양이한테 우유가 좋지 않다는 말을 들은 것 같아 그것도 줄 수가 없었다.

다행히 빵 조각은 잘 먹었다.

"흐흐, 어쩜 그리 귀엽니, 응?"

쪼그리고 앉아 고양이를 바라보다가 손가락을 조심스레 뻗어 정신없이 빵 조각을 뜯어 먹는 고양이의 머리를 쓰다듬었다.

"이름은 뭐로 할래? 나비? 아냐, 이건 너무 식상해."

도리도리 고개를 젓고 깊은 생각에 빠졌다. 그럼 벌? 냥이? 야옹이? 냐?

혼자 중얼거리다가 손끝에 감촉이 없어 정신을 차리는 아영의 시선에 고양이가 보이질 않았다.

"어? 어어?"

놀라서 급히 주변을 둘러보는데 자신이 온 길로 빵 조각을 입에 물고 아장아장 걸어가는 고양이가 보였다.

"어디 가? 어디 가니? 언니 두고 어디 가는 거니? 응? 히잉!"

아영은 쫄래쫄래 고양이의 뒤를 따랐다.

수풀 안으로 다시 들어가려고 하자 덥석 잡으니 '냐!' 하고 날카롭게 울며 온몸을 바동거렸다. 확실한 반항에 깜짝 놀라 다시 내려놓으니 고양이는 바닥에 떨어진 빵을 물어 다시 수풀 안으로 들어갔다.

그에 고개를 갸웃했다.

"뭐가 있나?"

그래서 아영은 뒤를 따라가 보기로 했다. 그래도 혹시 모르니 무장을 단단히 갖추고 뒤따랐다. 10분쯤 걸어가자 고양이가 멈췄다. 그리고 아영도 멈출 수밖에 없었다.

캬아! 캬!

작은 덤불 안에서 날카롭게 짖는 경계심 가득한 소리가 들려왔기 때문이다. 그러나 고양이는 아랑곳하지 않고 안으로 들어갔다.

"어미?"

아영은 어미가 있는데 왜 저 어린 게 혼자 다녔는지 의문이 들었다. 확인하고 싶었다.

'저 안에서 들린 게 어미 고양이가 지른 소리가 맞는지 확인하고 싶어!'

호기심이 마구 피어올랐다. 하지만 위험할까 봐, 이 미지의 세계에 사는 맹수가 도사리고 있는 건 아닌지 걱정도 됐다.

으으, 끄으응!

그때, 아영의 귀를 파고드는 소리는 분명 신음이었다. 고통에 차 있고, 이제 보니 기력도 별로 없는 것 같았다.

아영은 긴 고민 끝에 확인해 보기로 했다. 조심스럽게 한 발자국을 내디디자마자 '캬!' 하고 경계심이 명백히 섞인 울음이 들려왔다. 뒤이어 '냐!' 하는 소리도 들렸다. 그 두 번째 아기 고양이 울음을 마치 '그러지 마. 착한 사람이야' 하는 듯했다. 그래서 이번엔 성큼 발을 내디뎠다.

그래도 겁은 나는지 방패를 앞세우고 잔가지를 치우니 비릿한 피 냄새가 미약하게 풍겼다. 그에 인상을 미미하게 찌푸렸다. 원래라면 벌써 알아차렸을 걸 요즘 잦은 야숙으로 비염이 제대로 도져 냄새를 잘 맡지 못하는 아영이다.

"다쳤구나."

아영은 안을 보자마자 바로 상황을 알 수 있었다.

어미 고양이가 확실한 하얀 고양이 한 마리가 옆구리에 화살 한 발이 꽂힌 채 누워 있었다. 그러면서도 혀로는 끼깅거리면서 제 새끼의 털을 골라주고 있었다. 아영이에게 그 장면은 눈물이 왈칵 올라오게 했다.

"힝……."

아영은 바로 인벤토리에서 포션을 꺼냈다.

꺼내면서도 내상은 몰라도 외상에는 확실한 빨갱이라면 어쩌면 저 꺼져가는 생명을 구할 수 있지 않을까 하는 작은 희망을 품었다.

이제 다가가는 건 쉬웠다.

아영이 다가가도 어미 고양이는 움직이질 못했다. 고개만 겨우 돌려 아영을 봤음에도 경계심 섞인 눈빛만 보낼 뿐 울음도 토해내지 못했다.

"마지막으로 쥐어짜낸 거구나? 불쌍해서 어떡해. 힝, 언니가 구해줄게. 걱정 마. 알았지?"

처음에 경계심 가득하던 울음은 분명 마지막 기력으로 짜냈으리라.

아영은 천천히 손을 뻗었다. 경계심 섞인 눈빛으로 앞발을 드는 걸 보니 또 눈물이 맺힌 아영이다. 그런데 신기한 일이 벌어졌다. 아기 고양이가 손을 들어 어미의 손을 눌렀기 때문이다. 그에 어미의 시선도, 아영이의 시선도 아기 고양이에게 향했다.

이 행동의 의미는 정말 명백했다.

"우와, 언니가 도움 주려고 하는 걸 안 거야? 너 영물이니?"

이제 생후 한두 달 정도 됐음직한 정말 작은 고양이가 이런 걸 알아차린다고? 세상 모든 집사가 봤다면 입에 거품을 물고 달려들었을 장면이다. 아영은 일단 어미부터 빨리 치료하기로 했다.

"화살부터 뽑고 바로 부으면 되겠지? 아, 맞다. 일단 입에 흘려줘야지."

아영은 빨갱이의 마개를 열고 어미의 입에 대고 흘렸다. 뺨을 타고 흐르는 붉은 액체. 처음에는 고개를 힘겹게 털더니 특유의 은은한 향 때문인지 곧 혀를 내밀어 흐르는 빨갱이를 핥아 먹기 시작했다.

목이 많이 타는지 나중에는 매우 적극적으로 핥아 먹었다. 여러 번 흘려주고 나자 어미는 더 이상 빨갱이를 핥지 않았다. 전과는 달리 경계심이 많이 풀린 채 어미의 시선이 날아와 아영에게 꽂혔다.

아영은 그 시선을 피하지 않고 살짝 웃어줬다.

왠지는 모르겠는데 그냥 고양이 같지가 않았다. 아기도 그렇고 시선에 담긴 감정이 아영은 이상하게 느껴졌다.

그래서 아영은 혹시나, 정말 혹시나 해서 물었다.

"혹시 내 말을 알아듣니?"

냐.

작게 그르렁거리면서 나온 울음.

아영은 그 울음에 눈을 동그랗게 떴다가 이내 진한 호선을 눈매에 그려 넣었다.

"이제 치료하자."

냐아.

"뽑을 때 많이 아플 거야. 참을 수 있지?"

냐아.

작게 그르렁거리는 이 울음소리가 왜 대답처럼 들리는 건지. 아영은 오랜 여행으로 이제 슬슬 머리가 맛이 간 게 아닐까 하는 의심을 시작했지만 일단 치료가 먼저인지라 고양이 몸에 박힌 화살을 잡았다.

화살대는 짧았다. 화살대보다는 석궁 볼트 종류 같았다.

"뽑는다?"

냐.

"흡!"

무식하기도 하다.

원래라면 촉의 모양을 확인하고 해야 하지만, 아영이 그런 걸 알 리가 있나? 그냥 힘으로 잡아 뽑았다.

득!

푸욱!

캬아아!

잘 뽑히지 않아 그냥 힘으로 뽑아 살이 뭉텅이로 갈라졌다. 어미의 고통에 찬 울음과 함께 피가 확 튀었다. 아영은 얼굴에 튄 피를 닦을 생각도 못 하고 급히 빨갱이를 상처 부위에 들이부었다.

그리고 한 병 더 꺼내 비명을 토해내는 입가에 흘려주고 다시 상처 부위에 흘렸다. 상처가 타는 소리와 함께 순식간에 아물어갔다. 그러나 어미는 울음을 그치지 않았다.

"힝, 왜? 아파? 잘못했어! 응?"

아영은 안절부절못하면서 어미를 안아 무릎에 올리고 급히 입가에 포션을 더 붓고 상처 부위에 마저 콸콸 부었다.

그런 정성 때문일까? 어미는 서서히 울음을 그치고 축 늘어졌다. 그 모습에 아영은 심장이 덜커덩 흔들리는 걸 느꼈다. 그러나 다행히 숨이 끊어진 건 아니고 기력이 부족해 잠이 든 것 같았다.

"후……."

완연히 느껴지는 숨 쉬는 기복에 아영은 한숨을 푹 내쉬었다. 생전 처음 해보는 일에 진땀이 나 아영의 얼굴은 온통 땀범벅이었다. 게다가 씻지 못해 꼴이 가관도 아니었다.

그래도 아영은 좋았다.

"다행이다. 그치?"

냐.

아기 고양이가 아장아장 걸어와 잠든 어미의 뺨에 얼굴을 대고 비볐다. 그 모습이 마치 '엄마, 이제 괜찮지?' 하는 것 같아 아영의 입꼬리가 하늘로 승천하기 시작했다.

이어 아기는 다시 아영의 종아리에 뺨을 대고 비볐다. 마치 고맙다고 인사를 하는 것 같아서 아영은 아예 심장이 멈출 지경이다.

그런데 좋은 순간을 방해하는 존재들이 나타났다.

"이 근처 확실해?"

"핏자국 못 봤어? 분명 이쪽에 숨었어."

"빗맞아서 멀리 도망친 거 아냐? 그럼 이렇게 찾는 것도 다 헛수고 아냐?"

"넌 나를 뭐로 보냐? 내 경력이 이십 년이다, 이십 년! 분명 제대로 맞췄어. 옆구리에 한 방 아주 확실하게 꽂았다고. 아마 지금쯤 누워서 빌빌거리고 있을 거다."

"근데 은묘(銀猫) 확실해?"

"눈동자랑 털 보니 은묘 확실해. 사로잡으면 몇백 골드 버는 거고, 죽었어도 가죽만 챙기면 백 골드는 챙길 수 있어."

"흐흐, 진짜지?"

"그럼! 나만 믿으라고, 흐흐."

두 사람의 대화.

크지 않은 목소리였으나 아영의 귀에는 마치 천둥처럼 들렸다. 그래서 분노가 화르르 타오르기 시작했다.

'감히 이렇게 예쁜 애들한테 화살을 쏴?'

히죽.

아영의 입가에 미소가 걸리며 방패와 살벌한 부족장의 도끼로 바꿔 들고 천천히 일어섰다.

"어이, 형씨들. 나랑 얘기 좀 할까?"

까닥까닥.

도끼를 어깨에 걸치고 화사한 미소와 함께 나온 아영의 말은 껌 좀 씹은 날라리였지만 눈빛은 아주 그냥 죽여줬다.

episode 27
긴 여정의 시작

시간이 흐르고 흘러 어느새 라블레스가의 상행이 출발하는 날이 되었다. 원래는 이날 마리아 왕녀가 조용히 합류할 예정이었지만 그날의 테러로 인해 거하게 알려져 그냥 대놓고 상행에 합류했다. 물론 새벽을 기점으로 출발하는지라 대외적으로는 조용한 출발이었다.

그러나 석영은 물론 오렌도, 휘린도, 발키리 용병단의 수뇌부도 마리아 왕녀가 라블레스가에 합류했다는 사실을 미지의 적은 분명 확인했을 거라고 예상하고 있었다.

오렌 관리관이 원리 원칙을 깨고 야밤에 도시의 문을 열었고, 라블레스가와 발키리 용병단, 그리고 치안대 1개 조 30명이 조용히 빠져나갔다. 마리아 왕녀가 탄 마차 한 대, 아공간 마차가 여섯 대, 인원이 구십에 달하는 대단위 상행이었다.

밤이다.

라이트 마법이 담긴 전등을 치안대원이 전후좌우에서 들고 천천히 이동하면 그 뒤를 발키리 용병단의 호위하에 마차가 뒤따르는 형태였다. 밤이라 속도는 낼 수 없으니 다그닥거리는 말발굽 소리만 흐르는 정적 가득한 상행의 시작이었다. 그러다 가끔 산새나 야생 동물이 우는 소리에 흠칫 놀라기도 했다. 그런데 이게 정신적으로 압박감이 장난이 아니었다.

석영은 결국 차샤를 바라봤다. 그러자 차샤도 석영을 돌아보고는 바로 다가왔다.

"이대로는 안 되겠는데?"

"동감. 이거 압박감이 너무 심해서 며칠 안 가 퍼지겠어."

차샤의 강력한 권고로 말을 놓게 된 석영이다. 물론 처음에는 무시하려 했지만 급박한 상황이 되어 명령을 내릴 때도 있을 텐데 길게 존댓말까지 쓸 여유가 어디 있느냐는 말에 석영이 공감했기 때문이다.

그래서 석영은 헨리를 뺀 전원에게 말을 놓게 됐다.

"한 시간 더 이동하고 멈출까? 지금은 리안에서 너무 가까워."

"적당한 장소가 있나?"

"그럼. 나만 믿으라고, 송."

"네!"

꼬리를 흔드는 강아지처럼 쪼르르 다가온 송이 차샤의 명령을 받고 전방으로 달려갔다.

"송이 밤눈도 좋고 감도 좋아서 척후로는 딱이야. 몸놀림도 재빠르니 혹시 모를 기습을 당해도 꼭 제 몫을 해줄 거야."

"그건 잘 알고 있고."

차샤의 설명에 석영은 이미 아는 얘기를 들은지라 시큰둥하게 대답했다. 송은 항상 석영의 주변에 있었다. 좋아하는 감정 때문은 아닌 것 같고, 딱 봐도 존경하는 마음 때문에 주변을 맴도는 것 같았다.

언제고 궁술 좀 알려달라는 말을 정말 어렵게 한 적이 있었지만 석영은 알려주지 못했다.

석영은 게임 시스템으로 이 능력을 얻게 된 거지 스스로의 노력으로 얻은 게 아니었다. 일부 몸 쓰는 방법과 체력만 본인 스스로 단련했다. 가장 중요하다 할 수 있는 타천 활은 버그이고 타깃팅 또한 의식의 집중으로 인해 자동이다. 그러니 알려줄 게 없었다.

그 외에는 스킬인데 당연히 이것도 어떻게 알려줄 수 있는 방법이 없었다. 대신 아무것도 못 알려주지만 같이 어울려 준 적은 있었다.

이른바 대련 같은 것들.

그걸로 석영은 송이 굉장한 사람이란 걸 알았다. 특히 몸을 숨기는 재주는 정말 발군이었다. 작정하고 숨으면 석영도 그녀를 찾아내는 게 힘들 정도였으니 말이다. 어쨌든 그런 송이 전방에 선다면 일단은 안심이다.

"어떨 것 같아?"

차샤가 석영의 생각을 끊으며 물어 왔다.

"뭐가?"

"그냥 감이 있을 것 아냐? 조용히 넘어갈 것 같다, 아니면 뭔가 벌어질 것 같다, 이런 감."

"음, 글쎄, 뭐라 딱 꼬집어 말할 수는 없겠는데. 내가 감이 그리 좋은 편은 아니라서."

거짓말.

석영의 감은 나쁘지 않다.

그리고 그 감은 지금 이번 상행도 결코 쉽지 않을 거라고 속삭이고 있었다. 솔직히 퀘스트만 아니었다면 당장에 때려치웠을 것이다. 메인 퀘스트인 휘린의 일에 엮여 있어 이 지랄이지, 아니었다면 정말… 어후, 생각하는 것도 싫었다.

"얼굴에 싫은 표정이 아주 다 그려져 있는데?"

"그냥 졸려서 그래."

차샤는 종종 이렇게 옆에 와서 실없이 떠드는 걸 좋아했다. 원래 말이 많은 편이기도 했고, 아리스의 말로는 스트레스나 긴장을 말로 푸는 성격이라고 했다. 그래서 그걸 안 이후 석영은 적당히 말을 맞춰주고 있었다.

삑.

"정지."

귀에 연결된 장치로 인해 아군만 듣는 특수한 신호. 빙글빙글 웃으며 떠들던 차샤의 표정이 순식간에 굳으며 대열의 정지를 알렸다. 이 장비는 치안대에도 전해줬으니 그들도 지금 모두 정지했을 것이다.

어차피 야밤에 불을 피워놓고 이동 중이라 숨는 건 의미가 없었다.

"노엘, 아리스."

말에서 내린 차샤가 바로 부단장들을 불렀다.

"네."

"네, 단장."

마차의 양옆에 있던 둘이 다가오자 조용히 명령을 내리고는 힐끔 석영을 봤다.

"내가 열한 시 방향, 넌 한 시 방향."

차샤의 말에 석영은 말없이 고개만 끄덕인 후 조용히 읊조렸다.

"가속."

이전과는 확실히 다른 기운이 몸에서 퍼지는 걸 느낀 뒤 석영은 바로 타천 활을 쥔 채 내달렸다. 차샤도 마찬가지로 상체를 바짝 숙인 채 자신이 맡겠다고 한 열한 시 방향으로 내달렸다. 달리던 석영은 문득 이런 생각이 들었다.

'출발한 지 이제 두 시간도 채 안 지났어. 그런데 벌써?'

병신이 아니라면 좀 더 떨어지도록 기다렸을 것이다. 머리가 잘 굴러가는 노엘이나 휘린, 헨리도 출발 전 상의할 때 그랬다.

가까운 곳에서 습격했는데 실패하면? 바로 리안으로 기수를 돌릴 가능성이 있기 때문에 좀 더 기다릴 거라고.

석영도 이 부분에 동의했다. 상식적으로 생각해 봐도 적은 자신의 존재를 알 테니 단숨에 전멸시킬 수는 없다는 걸 잘 알 것이다. 게다가 조직력이 굉장히 좋은 발키리 용병단에 치안대 1개 조가 같이 움직이고 있다. 인원 전체의 실력은 웬만한 기사단을 웃도는 전력이다.

용병으로 따지면 전부 B급에서 그 이상.

기사 계급으로 따지면 모두 정기사 이상이다.

'그런 전력을 나오자마자 때린다고?'

거기다가 '저격수'의 존재를 알고 있으면서?

아무리 생각해도 미친 짓이다.

마침 저 앞에 송이 고개를 빠끔히 내밀고 석영을 향해 손을 흔들고 있었다. 석영은 달리던 걸 천천히 멈췄다.

슥슥.

바로 옆에 앉으며 바닥에 글을 써 내려갔다.

적은?

전방에 정체불명 다섯이에요. 여행자나 용병 같지는 않아요.

왜?

분위기가 장난 아니에요. 게다가 감도 좋아서 조금 다가갔더니 바로 움찔하더라고요. 그래서 그냥 빠져나왔어요.

잘했어.

석영은 저도 모르게 송의 머리를 쓰다듬었다. 그에 기분이 좋은지 눈을 사르르 감는 송은 그냥 꼬리를 흔드는 강아지였다.

그래도 상황이 상황인지라 석영은 바로 손을 떼고 조심스럽게 송이 말한 쪽으로 이동했다. 다행히 그들은 사방이 훤히 트인 곳에 있었다. 다만 반대로 그들도 이쪽을 확인하기 쉬운 지형이다. 전투가 벌어지면 방어와 후퇴에 모두 용이한 지형을 선점한 것이다.

쌀쌀한 날씨 때문인지 불을 피워놓고 있지 않았다면 아마 발견하는 것도 쉽지 않았을 것이다. 석영은 다시 송에게 말했다.

차샤를 불러. 상의해 봐야겠어.

네.

삑, 삐삐삐, 삐익.

송이 신호를 보내자 석영의 귀에도 신호가 울렸다. 참 신기한 물건이다. 실제로는 소리가 안 나면서 특수한 장치를 하고 있어야만 신호를 받을 수 있는 장비라니, 이런 게 현실에 있었다면 정말 대박이었을 것이다. 물론 실용성보다는 놀이용으로 말이다.

십 분 정도 기다리자 차샤가 다가왔다.

이 사람들은 어떻게 이렇게 소리도 없이 움직이지?

소리도 없이 다가온 차샤도 보통은 아니었다. 언제고 시간이 나면 꼭 배워야겠다는 생각이 불현듯 든 석영이다.

앞에 정체불명의 무리가 있어.

인원은?

다섯.

정체는 파악…….

슥슥.

정체불명이라고 했는데 정체를 파악했느냐고 물으려다 급히 지우는 차샤이다. 민망한지 잠깐 딴청을 부리다가 급히 다시 바닥에 뭔가를 적는 차샤.

어, 어떡할래?

네 생각은?

음, 사실 내가 말한 곳이 저기거든? 쉬기에는 장소가 딱 좋은 곳이야. 비바람도 피할 수 있고 경계 서기도 편하고.

그래? 그렇다면…….

그러다 석영은 깨달았다. 자신이 지금 그 모든 것에 민감하게 반응하고 있다는 것을. 이렇게 인간 불신에 걸려서야 앞으로가 위험했다.

석영이 고개를 흔드는 순간 송이 바닥에 끄적거렸다.

제가 가서 확인해 볼까요?

안 돼.

불가.

차샤와 석영이 바로 반대하자 송은 곧바로 시무룩해졌다. 다만 나쁘지 않은 생각 같았다. 정체를 모른다면 가서 알아보면 된다. 적당한 거리를 둔다면 크게 위험할 것도 없었다.

차샤, 내가 먼저 송과 갈 테니까 넌 바로 돌아가서 아리스를 불러서 같이 와.

차라리 내가 송이랑 먼저 가는 게 낫지 않을까?

차샤의 의견에 석영은 이번에도 고개를 저었다. 이곳에서 가장 강자는 자신이다. 그런 자신이 뒤에 빠져 지켜보다 나가는 건 솔직히 자존심이 너무나 상하는 일이었다.

송이 다시 끄적거렸다.

차라리 제가 아리스 언니랑 갈게요. 단장이랑 석영 님이랑 가는 게 어때요? 두 분이면 조합도 좋잖아요.

조, 조합!

화들짝 놀라는 차샤.

석영이 피식 웃음을 흘리는 사이 송이 급히 부연 설명을 했다.

그, 그게 아니라 단장이 근접이고 석영 님이 원거리이니 딱 좋다는 소리예요.

필담이다. 그런데 글자에 감정이 듬뿍듬뿍 묻어난다. 발키리 용병단은 진짜 유쾌한 사람들이 많이 모여 있었다. 아니, 애초에 그걸 보고 뽑는 게 아닐까 의심스러웠다.

석영은 정리했다.

나랑 차샤랑 가지. 송, 아리스랑 한 명 더 불러서 같이 와.

네.

삑, 삐이이, 삐이익.

신호 체계가 참 신기하다.

아까와는 다른 소린데 아마 저 소리 어딘가에 아리스를 지칭하는 음이 있는 것 같았다. 송이 신호를 보내고, 석영은 차샤를 바라봤다.

"……."

"……."

시선이 마주친 이후 자연스럽게 일어나 걷는 차샤. 석영은 이런 경험이 별로 없다. 그래서 조용히 차샤의 옆을 따라 걸었다.

불빛은 약 2㎞가량 되어 보였다. 바람이 부는 평야를 가로질러 이동하던 차샤는 어느 순간 석영에게 육성으로 말을 걸었다.

"바람이 앞에서 불지? 이럴 땐 그냥 대화해도 저쪽으로 흘러갈 염려가 없어."

"…그래?"

"응, 반대라면 바람에 실려 가고. 그리고 지금과 같은 상황은 이렇게 대화를 하는 모습이 더 좋아. 그래야 저쪽도 경계심을 누그러뜨리지 않겠어? 지금 석영처럼 잔뜩 인상 쓰고 가면 '나 니들한테 안 좋은 용건 있소' 하는 거랑 다를 게 하나도 없잖아? 하핫!"

툭툭!

그러면서 석영의 어깨를 자연스럽게 터치하고는 시원하게 웃었다. 거리가 상당히 좁혀졌으니 지금 만약 이쪽을 주시하고 있었다면 차샤의 행동은 분명 보였을 거다.

어둠이 서서히 걷혔다. 저쪽도 혹시 모를 상황에 대비해 라이트가 걸린 마법 등불을 군데군데 던져놨기 때문이다.

거리는 이제 사람의 머릿수를 확인할 수 있을 정도였고, 송의 말처럼 다섯 명이다.

멀리서도 상당한 덩치라 생각되는 기사가 일어났다. 그리고 성큼성큼 이쪽으로 다가왔다. 참으로 보무도 당당한 걸음걸이다. 그런데 석영은 잠깐 고개를 갸웃했다. 낯이 익었다. 그것도 상당히.

좀 더 가까워지면 알 수 있을 것 같다는 생각을 할 때쯤.

"아, 이상한 사람 아닙니다! 지나가던 용병인데요, 잠깐 대화 가능합니까?"

차샤가 양손을 상대에게 손바닥이 보이게끔 얼굴 근처로 들고 용건을 얘기했다.

피식.

석영은 다가온 사내를 보고 차샤의 손을 잡아 내렸다.

"엥?"

차샤가 놀라 석영을 돌아볼 때, 석영이 한 걸음 성큼 나섰다. 생각지도 못한 사람이었다.

"어라? 너였냐?"

"오랜만입니다?"

피식 웃으며 날린 상대의 인사에 석영도 비슷한 웃음을 걸고 마주 인사했다.

그였다. 혈맹 란저씨와 란줌마의 군주. '마님사랑'이란 아이디를 쓴 성공한 란저씨 석문호. 그가 뒤를 향해 우렁우렁한 목소리로 '여보, 이놈 석영이다!' 하고 외치자 곧바로 그의 아내인 '나삼선녀' 문호정도 깜짝 놀랐다가 이내 반가운 얼굴로 석영을 향해 다가왔다.

군데군데 모닥불이 올라왔고, 주변 경계조를 뺀 나머지는 늦은 휴식을 취하기 시작했다.

석영은 당연히 석문호, 문호정과 함께 자리했다. 둘을 제외한 나머지 셋의 정체도 알았다.

셋 다 란저씨와 란줌마의 혈원이었는데, 아이디를 더럽게 성의 없게 지은 셋이다. '킬킬킬', '깔깔깔', '컬컬컬'. 셋 다 남자인 줄 알았는데 '깔깔깔'이란 아이디를 사용하는 사람은 여자였다. 그리고 셋이 남매라고 했다. 그래도 모르는 사이는 아닌지라 서로 반갑게 인사를 할 수 있었다. 이후 서로 간단하게 안부를 묻고는 본론으로 들어갔다.

"그래서 지금 퀘스트 중이라고?"

"네, 저기 라블레스가의 재건입니다."

"오호, 그 퀘스트는 어떻게 받았어?"

"으음……."

어떻게 받았는지 잠깐 고민했다. 근데 고민할 것도 없었다. 거의 강제로 받아냈으니까. 그렇게 설명해 주자 석문호의 표정이 묘하게 변했다. 이어 어깨를 툭 치더니 웃으며 말하는 문호정.

"너 많이 변했구나?"

"네?"

"그때 아영이랑 봤을 때는 날이 잔뜩 서 있었는데 지금은 뭔가 여유로워 보여. 그리고 네 성격으로 그렇게 했다는 게 이 누나는 참 기특하다."

피식.

석영은 웃음을 흘렸다.

문호정의 말을 이해하고 인정했기 때문이다. 이전에 석영은 확실히 그랬다. 날이 서 있었고, 일정 간격 이상 들어오는 걸 병적으로 싫어했다. 들어오면 밀어내거나, 아니면 그냥 스스로 물러났다.

아웃사이더이던 석영이니 이상할 것도 없었다. 하지만 지금은? 사람이랑 이렇게 잘 어울린다.

생존하겠다는 일념하에 퀘스트를 강제로 받아냈고, 그 진척도를 위해 이렇게 열심히 하는 석영이다. 이건 진짜 유성우가 떨어지기 전까지는 정말 있을 수 없는 일이었다. 그걸 아니 문호정이 저리 말하는 거다.

"그래서 지금은 어때? 어느 정도 진척도 올렸어?"

삼 남매 중 막내일 거라는 예상을 깨고 첫째 장녀라는 깔깔 김선아가 시원시원한 목소리로 물어 왔다.

"모르겠습니다. 이게 진척도가 보이질 않으니 대충 감으로 잡을 수밖에 없어요."

"감으로? 그럼 그 감으로는 어느 정도 왔는데?"

"이제 시작입니다. 일단 왕도에 갔다가 최대한 라블레스가 가 자리 잡는 데 도와야겠지요."

"흐음, 우리는 아직 퀘스트를 못 받았거든?"

김선아가 동생들을 빤히 보다가 다시 석영을 봤다. 뭔가 할 말이 있는 것 같았다.

"만약 우리가 석영이 널 도우면 우리도 그 퀘스트에 낄 수 있을까?"

"음……."

이건 뭐라고 대답을 못 해주겠는 석영이다. 왜냐하면 해본 적이 없기 때문이다. 그러다 뭔가를 생각해 낸 석영은 잠시 휘린이 쉬고 있는 곳에 시선을 줬다.

"퀘스트를 받으면 머릿속으로 시스템 공지가 울립니다. 메인 퀘스트가 생성됐습니다, 이런 식으로 말입니다."

"그래?"

"그럼 한번 시도해 보는 게 어떻습니까?"

석영은 석문호를 바라봤다. 석문호도 퀘스트는 받지 않았다고 했다. 아내인 문호정과 그냥 대륙을 유람 중이라고 했고, 그러는 와중에 정말 운 좋게 성의 없는 아이디 남매들을 만났다고 했다.

일단 의중은 있느냐는 석영의 질문을 받은 석문호는 아내를 바라봤다. 그는 굉장한 공처가인지라 결정권이 없다는 걸 대놓고 보여주는 모습이다. 그런 석문호의 행동에 '으이구' 하는 소리와 함께 그의 어깨를 친 문호정이 석영을 보며 고개를 끄덕였다. 석영은 바로 자리에서 일어나 휘린에게 다가갔다.

이쪽을 주시하고 있던 휘린인지라 석영이 오자 바로 석영에게 다가왔다.

"잠깐 가줄 수 있을까? 의논하고 싶은 일이 있는데."

"네, 그래요."

휘린은 순순히 고개를 끄덕였다.

이제 그녀는 석영을 완전히 믿었다. 석영이 친한 지인이라는 석연치 않은 설명만 해줬음에도 걱정하지 않았다. 그만큼 석영의 존재에 대한 신뢰가 굳건하게 쌓여 있는 상태였기 때문이다.

휘린이 움직이자 당연히 차샤와 노엘, 그리고 헨리와 라울도 움직였다. 그들도 석영을 믿지만 최소한의 품위와 경계는 해야 하기 때문이다.

"이쪽이 라블레스가의 가주 휘린 라블레스입니다."

"휘린이라 불러주세요."

석영의 소개에 휘린은 두 손을 다소곳이 모으고 가볍게 인사를 했다. 그 인사는 문호정이 받았다. 어머니의 넉넉한 미소로 받아주니 휘린의 표정도 한결 좋아졌다. 그래도 휘린이 자리에 앉자 어색한 침묵이 흘렀다. 석영은 분위기를 푸는 쪽으로는 재주가 없었다. 난감한 표정으로 문호정을 바라보니 그녀가 알겠다는 표정으로 다시 웃어주었다.

"휘린… 양? 아니지. 제가 어떻게 불러야 할까요?"

문호정이 정승처럼 서 있는 헨리를 잠깐 보다가 휘린을 향해 물어봤다.

"여러분은 가신이 아니니 편하게 불러주세요."

"그래도 될까요?"

"네. 대신 저도 언니라고 부르게 해주시겠어요?"

"어머, 그래주면 좋죠. 호호!"

문호정이 입을 가리고 웃었다. 나이 차이가 어마무시하게 나는 두 사람이다. 언니라고 불러준다면야 문호정의 입장에서 땡큐 아니겠나.

"그럼 나도 휘린 양이라고 편하게 부를게."

"네, 저도 그래주면 좋아요."

제법이다.

역시 상인의 피가 흐르고 있어서 그런가?

휘린은 사람을 편하게 하는 재주도 가지고 있었다. 다양한 인간 군상을 상대해야 하는 휘린의 입장에서 저런 재주는 참으로 나쁘지 않았다.

이어서 두 사람의 대화가 이어졌다. 별다를 것 없는 대화였는데, 그 덕분에 분위기가 한층 누그러졌다. 아니, 그 정도를 넘어 아주 부드러워졌다. 한밤중임에도 휘린의 얼굴에는 생기가 돌았다.

모닥불 때문인지는 모르겠지만 볼에 미약하게 홍조를 띠고 있는 것 같았다. 그러다 분위기가 무르익었다고 생각했는지 문호정이 본론을 꺼내 들었다.

"석영에게 듣기로는 왕도로 간다고 들었는데, 맞니?"

"네, 언니. 이번에 중요한 상행이 있어서 왕도로 향하고 있어요."

"어머, 그래?"

"네. 다행히 석영 님이 도와줘서 저희 라블레스가는 마지막 기회를 얻었어요. 이 기회를 놓치고 싶지 않아요."

"흐음."

문호정의 시선이 석영에게 건너왔다가 의미심장한 미소를 쏴주고는 다시 휘린에게 넘어갔다.

"신기하네. 언니, 처음 봤어."

"네? 뭘요?"

"언니는 석영이 고향 친구거든? 그런데 석영이가 이렇게 전.력.으.로. 누군가를 도와주는 걸 본 적이 없거든."

전력이란 말을 뚝뚝 끊어 얘기하니 그 말이 확실하게 강조가 되었다. 게다가 좀 전의 의미심장한 미소 때문에 휘린이 놀란 눈으로 석영을 돌아봤다. 석영은 쓴웃음과 난감함이 반반씩 섞인 미소를 지었다.

문호정은 역시 석영과 레벨이 달랐다. 석영이 우겨서 퀘스트를 따냈다면 문호정은 살살 구슬리는 방법을 택하고 있었다. 거기다 석영을 살살 볶으면서. 연륜의 차이이자 성격의 차이였다.

"석영이가 휘린이 정말 마음에 들었나 보다."

'컥!'

생각도 못 한, 선을 넘어간 어택에 석영은 명치에 주먹이 꽂히는 느낌이 들었다.

휘린의 시선이 석영의 옆얼굴에 착 달라붙었다.

'끙.'

석영은 시선을 느끼면서도 돌리지 않았다. 지금 돌렸다간 도망치고 싶어질 것 같았다. 다행히 문호정은 휘린의 시선을 다시 빼앗아줬다.

"그래서 언니가 도와주고 싶어."

"네?"

"우리 석영이가 처음으로 진심을 보인 사람인데, 누나인 내가 석영이를 도와야 하지 않겠니?"

"아……."

역시 레벨이 다르다.

포석을 단단히 다지는 화술은 정말 일품이었다. 문호정의 상체가 좀 더 휘린을 향했다.

"그런데 우리도 석영이랑 상황이 비슷해."

"그게… 아, 뭔지 알 것 같아요."

"그래?"

"네. 음, 이렇게 하면 되나요?"

자리에서 일어난 휘린.

그녀는 곧 문호정을 비롯한 석문호, 그리고 삼 남매에게 일일이 시선을 맞추고는 천천히 고개를 숙였다.

"저희 라블레스가를, 그리고 저 휘린 라블레스를 도와주세요. 부탁드립니다."

그 말이 나오자마자 움찔 몸을 떠는 다섯을 석영은 볼 수 있었다. 누가 봐도 공지가 뜬 모습이다.

그러나 이어 나온 김선아의 말에 석영은 고개를 갸웃거렸다.

"서브네?"

"서브로 떴습니까?"

"응. 석영이 넌 메인이라고 했지?"

"네."

"석영이 네가 메인이라 우린 서브인가?"

김선아의 말은 일견 일리가 있었다. 하지만 확인할 방법은 없었다.

"됐나요?"

"응, 고마워."

문호정이 일어나 휘린에게 손을 내밀었다. 휘린은 그 손을 살짝 마주 잡아주는 센스를 보였다. 이어 휘린이 조심스럽게 입을 열었다.

"저기, 그런데 그……."

"석영이도 안 받겠다고 했지?"

"네? 석영 님은 투자 형식으로……."

"우린 됐어. 돈이라면 넘쳐나거든. 우린 어떤 목적보다 석영이를 도와주려는 의도가 더 커. 그리고 오늘 처음 봤지만 휘린 양이 매우 마음에 들기도 하고. 우리는 즐거움을 위해 여행하는 사람들이야. 그러니 보상이라면 걱정하지 마."

"하지만 그래서는 제가 마음이 편치 않아요."

"후후, 괜찮다니까. 정 그러면 우리가 나중에 부담되지 않을 선에서 조금만 챙겨 갈게."

"네, 꼭 그래주세요."

휘린은 그제야 마음이 놓이는 웃음을 지었다. 일견 너무 급하게 계약을 맺은 게 아닌가 했지만, 말했듯이 휘린에게 석영은 이제는 어둠 속의 등불이었다. 사방에서 조여오던 어둠을 몰아낸 등불.

거대한 희망이 담긴 등불이다.

그런 등불의 지인이다.

의심을 했다가는 등불이 자신의 품을 떠날지도 모른다는 불안감도 있었고, 어차피 가문의 명운이 걸린 상황이니 끝까지 그를 믿고 가보자는 생각도 있었다. 아주 짧은 순간이지만 휘린은 그렇게 결정 내렸다.

"어머, 누구 온다, 얘."

문호정의 말에 석영이 고개를 돌렸다.

멀리서 치안대원 두 사람의 호위를 받으며 조용히 걸어오는 여인이 보였다. 마리아 왕녀였다.

다가온 마리아 왕녀가 기품 있게 인사를 하고는 석영을 바라보며 말했다.

"제게도 소개 좀 해주시겠어요?"

"네."

마리아 왕녀의 말에 석영은 조용히 석문호와 문호정 일행을 소개시켜 줬다. 마리아가 왕녀라는 말에 다섯은 놀란 표정을 지었지만 금세 정상으로 돌아왔다. 왕가의 일원, 로열패밀리는 현실 속에서는 만나 보기 힘든 사람들인지라 현실감이 별로 없었기 때문이다.

마리아 왕녀가 대화에 참여하자 분위기가 다시금 무거워졌다. 아무리 그녀가 수수한 차림에 수수한 외모, 수수한 말투를 구사한다고 해도 왕녀는 왕녀이다. 은연중에 드러나는 기품은 완전히 숨기기가 어려웠나 보다.

잠깐의 침묵이 지난 뒤 마리아 왕녀가 석영을 향해 툭 말을 꺼냈다.

"그런데 제가 한 부탁, 생각은 해보셨어요?"

수수하게 웃으며 나온 말에 모두의 시선이 일제히 석영에게 날아들었다. 석영은 이 여자도 참 쉽지 않다고 느껴지기 시작했다. 굳이 이 자리에서 말하지 않아도 될 걸 말했다는 건 분명한 의도가 있음이다. 그러한 의도를 품고 말을 꺼내는 사람을 석영은 참 별로라고 생각했다.

그래서 대답이 결정됐다.

"거절합니다."

"그런가요."

엮이기 싫은 여자.

마리아 왕녀가 석영의 머릿속에서 확실하게 분류되는 순간이었다.

고풍스러움과 화려함의 극치가 뭔지 보여주겠다는 일념이 아주 강하게 느껴지는 서재에서 보고를 받던 반드레이 공작은 수하의 말이 끝나자마자 인상을 대놓고 썼다. 얼굴에는 아주 못된 심보가 제대로 흘러넘쳤다. 아니, 못된 심보가 아니라 욕망, 탐욕 등 이런 것들이 좔좔 흘렀다.

정말 반드레이 공작은 딱 그렇게 생겼다.

"그래서 새벽에 리안을 나왔다?"

"네."

"그런데 그걸 이제 보고받았다?"

"치안대에 심어놓은 첩자가 겨우 연락해 왔습니다."

"버려야겠군."

"네. 오렌 관리관 정도면 이미 첩자가 보고를 시작하자마자 알아차렸을 가능성이 매우 높습니다."

"그라면 그렇지. 그렇기 때문에 치안대에 첩자 하나 심는데 일 년이 넘게 걸린 거지. 후, 역시 쉽지 않다 이거지."

대화 내용을 보면 외모와는 매우 달랐다.

짜증 내고 닦달할 것같이 생긴 외모지만, 그건 외모만 그랬다. 반드레이 공작의 눈빛은 무섭도록 냉정하게 빛나고 있었다. 공작의 위에 앉아 있을 만한 자의 눈빛이었다. 인상을 쓴 건 그냥 인상을 썼을 뿐이지 그게 성격과 동일한 건 아니었다.

"카론은?"

"대기 중입니다."

"흠."

카론.

반드레이 공작의 양아들이며 공작가에서 심혈을 기울여 비밀리에 양성한 기사단을 이끄는 자다. 오렌 관리관이 석영에게 말한 그 기사단이다.

"자네가 보기에는 어떤가? 그 정도면 잡을 수 있겠나?"

반드레이 공작의 질문을 받은 수하는 잠시 생각하다가 이내 자신의 의견을 흘려놓기 시작했다.

"발키리 용병단만 있었다면 충분히 가능했을 겁니다. 치안대 한 개 조도 마찬가지입니다. 하지만 미지의 저격수가 문제입니다. 초인… 이라는 얘기가 정보부에서 조심스럽게 나오고 있는 마당입니다."

"흠, 주란 후작의 테러가 막힌 것도 그 저격수라 했던가?"

"맞습니다. 테러는 완벽했습니다. 준비, 잠입, 시기, 실행 등 모든 게 더할 나위 없었고, 그 정도였으면 오렌 관리관은 물론 목표까지 분명히 죽일 수 있었을 겁니다. 만약 대상이 이곳 반드레이 공작가였다고 해도 결과는 변하지 않았을 겁니다. 정말 제대로 작정하고 터뜨린 테러였으니까요."

"그렇겠지. 주란 후작이 먼저 움직이겠다고는 넌지시 귀띔을 해줬지만, 그 내용 자체는 아예 말해주지 않았으니까. 준비하고 있었다고 해도 당할 수 있는 거야. 역사가 증명하고 있지."

"네, 그만큼 완벽했습니다. 실제로 오렌 관리관을 소수의 병력과 함께 떨어지게도 만들었습니다. 하지만 저격수가 전부 망쳐놨습니다. 그의 저격에 주란 후작가가 자랑하는 철예병단(鐵銳兵端) 중 반이 전멸했습니다."

"철예병단. 정예지. 인정해. 주란 후작가의 타격이 크겠어."

"네. 게다가 이건 겨우 얻은 정보입니다만, 용병까지 썼다고 합니다. 주란 후작도 큰돈을 써서 스나이퍼를 고용했다고 합니다. 상당히 큰돈을 들였다고 시장에서 겨우 얻은 정보입니다."

"스나이퍼라……. 주란 후작이 작정했다면 정말 큰돈을 썼겠지. 그렇다면 실력 또한 못해도 에이 급 이상일 테고."

"그럴 거라 예상됩니다. 그런데도 라블레스가에 있던 저격수에게 잡혔습니다. 생존자의 증언으로는 일대일 상황에서 제대로 잡혔답니다. 그것도 먼저 대가리를 노리고 있는 상황이었다고 합니다."

"그 정도면 에이 급 스나이퍼가 내 목을 노리면?"

"하나 정도는 막아낼 수 있습니다. 둘이면 당분간 외출을 삼가야 됩니다."

"무섭군."

"스나이퍼라는 게 그렇습니다. 예상도 못 한 순간에 목을 물어뜯지요. 그들은 그렇게 훈련받습니다."

"이쪽의 저격수와는 다르다는 건가?"

"네, 많이 다릅니다."

"으음……."

반드레이 공작은 더욱 가라앉은 눈빛으로 자신의 수하를 바라봤다. 아니, 수하라고 보기에는 그렇다. 그는 조력자이다. 어느 순간 갑자기 나타나 자신의 진가를 단 며칠 만에 보인 엄청난 수완가.

그는 육 개월만 시간을 달라고 했다. 그 안에 원하는 것을 말해보라고도 했다.

반드레이 백작이 원하는 건 하나였다. 솔직히 무능하긴 하나 장녀인 마리아 말고 현 왕실의 후궁이자 자신의 여동생이 낳은 차남이 왕좌를 잇는 것. 그걸 원한다고 하자 눈앞의 이 자는 작업에 들어갔다. 어떻게 했는지 여태껏 찾지 못하던 마리아 왕녀의 위치를 단숨에 알아냈고, 때를 기다렸다.

주란 후작가에 넌지시 알리라고 한 것도 이자의 생각이었다. 주란 후작가는 원래 공작가였다가 왕실과의 파워 게임에서 지는 바람에 강등된 가문이다. 그래서 왕가에 대한 원념이 대단했다.

그런 주란 후작이 외유에 나가 있는 마리아 왕녀를 가만둘리 없었다. 테러는 실행됐다. 그리고 실패했다. 실패했다고 하더라도 눈앞에 있는 이자의 수완, 그리고 두뇌는 제법이라는 게 증명됐다.

그 테러가 망한 거야. 주란 후작가의 철예병단이 무능해서도, 주란 후작 자체가 무능해서도 아닌 저격수라는 뜬금없는 존재 때문이니 말이다.

"그럼 이제 내가 할 일은? 카론만 믿으면 되는 건가?"

"아무래도 보험이 필요할 것 같습니다."

"보험? 어디 보험이 좋을 것 같은가?"

"주란 후작가, 예문상단, 그리고 국경 수비대장입니다."

"주란 후작가와 예문상단이야 그렇다 쳐도 국경 수비대장은 왜?"

"눈을 흐릴 필요가 있기 때문이지요. 국경이 좀 어지러워 줘야 시선이 그쪽으로 쏠리지 않겠습니까?"

"오호."

"하지만 피해가 생기면 나중에 혹시 모를 책임을 떠안아야 할지도 모르니 적당히 시늉만 합니다. 현 수비대장은 굉장히 뛰어나다 들었습니다. 그러니 첩보라고 귀띔을 주는 게 좋습니다."

"그러지. 다행히 그와 난 사이가 나쁘지 않네."

"그 정도면 됩니다. 아, 하나가 남았습니다."

"뭔가?"

"용병을 좀 충원해야겠습니다. 저격수의 눈을 흐릴 일종의 별동대로 쓸 생각이니 발이 날랜 이들이 좋겠군요."

"흠, 그러지. 작전 장소는 어디로 잡을 생각인가?"

스윽.

반드레이 공작의 질문에 여태껏 수하로 알고 있던 금발의 사내가 희미한 미소를 지으며 테이블 위의 지도 한 부분을 손으로 짚었다.

나레스 협곡.

왕도로 오려면 반드시는 아니나 이곳을 피해갈 경우 한참을 돌아가야 하는 그런 구조였다. 시간으로 따지면 대략 사오일이다.

"나레스 협곡, 이곳이 좋겠습니다."

"알겠네. 더 필요한 건 없나?"

"아직까지는 없습니다. 일단 이들의 움직임이 좀 더 지켜본 뒤에 결정하겠습니다. 그리고 현장 지휘를 위해 저도 가봐야겠습니다."

"권한을 줄 테니 알아서 하게."

"감사합니다. 그녀의 머리를 들고 뵙겠습니다."

"그랬으면 좋겠군."

휘휘.

반드레이의 손짓에 사내는 정중하게 예를 취하고 밖으로 나왔다. 그의 집무실을 나와 공작가를 걷는 그의 보폭은 거침이 없었다. 건물 밖으로 나온 그는 망설임 없이 한쪽에 대기 중이던 마차에 올랐다.

"국장님은?"

"안가에 계십니다."

"바로 만나 봬야겠다. 가자."

"네."

마차는 바로 출발해 반드레이 백작가를 빠져나갔다. 사내는 가신이 아니었다. 조력자일 뿐. 그가 찾을 때만 이렇게 공작가로 와서 공작을 보고 갔다.

마차는 왕도를 삼십 분이나 달렸다. 돌고 돌아 안가에 도착하자 사내는 짧은 한숨을 흘렸다.

"이건 무슨 남북전쟁 시대도 아니고……."

짧게 혀를 차는 사이 마차를 몰던 다른 사내가 안에 기별을 넣었다. 곧이어 문이 열리고, 둘은 바로 안으로 들어갔다.

"다녀왔습니다."

"고생했네. 갔던 일은?"

"잘되고 있습니다. 이번 작전만 성공시키면 반드레이 공작의 신임을 받을 수 있을 겁니다."

"그래야지."

후우.

시가였다.

재밌게도 국장이라 불린 자는 이곳이 아닌 지구의 파스타바코사(社)의 시가를 입에 물고 있었다. 사내와 이 정체불명의 무리를 대충은 알 수 있는 단서였다.

"세상 참 모를 일이야. 지구 종말이 찾아올 줄 알았더니 이런 신세계가 찾아올 줄 누가 알았겠어?"

"누가 아니랍니까? 후후."

사내도 동의하는지 커피를 마시며 여유로우면서도 어딘가 음흉한 웃음을 흘렸다. 만약 한지원이 이곳에 있었다면 이들의 정체를 단박에 파악했을 것이다. 그리고 단박에 목을 비틀어 버렸을 것이다. 한지원이 가장 싫어하는 놈들이니까.

"이번 일이 끝나면 우린 새로운 세상의 왕이 되는 거야."

싸늘한 미소.

국장이란 자의 입가에 걸린 미소가 딱 그랬다.

"그동안 당한 수모도 갚아줘야겠지요."

"그렇지. 한 방 제대로 먹여줘야지."

두 사내는 이어서 비슷한 미소를 지었다.

그런데 만약 석영이 있었다면 이상한 일이라며 고개를 갸웃했을 것이다. 딱 봐도 요원이다. 일반인의 냄새는 아주 조금도 풍기지 않았다. 보폭부터 시작해 행동거지 전체에 훈련받은 냄새가 아주 진하게 풍겼다. 그런데 이들은 심지어 미국식 영어를 구사하고 있다. 이런 자들이 라니아를 했을까?

라니아 접속 조건은 딱 하나이다.

라니아 계정을 자신의 주민번호로 만든 자.

이게 라니아 접속 조건이다.

그런데 요원들이, 그것도 미합중국의 요원들이 과연 라니아를 했을까? 그것도 국장이란 자가? 말도 안 되는 일이다. 목숨이 오가는 치열한 정보 전쟁을 치를 자들이 게임 계정을 만든다고? 그 안에 정보가 오가는 것도 아닌데?

"이제 얼마 안 남았으니까 마지막 마무리 잘하고, 특히 냄새 하난 기가 막히게 맡는 버지니아 놈들 조심하고."

"걱정 마십시오. 이곳으로 들어오는 이들도 한정시켰습니다."

"그래도 조심해. 그놈들은 내가 겪어봐서 잘 알아. 촉 하나는 기가 막혀. 오 년 전 그 사건이 없었어도 아직까지 세계 최고였을 거야."

냄새를 잘 맡는 버지니아? 오 년 전 사건? 정보 세계에서는 아주 유명한 일이 하나 있었다. 그러니 이 또한 정보 세계에 사는 자가 들었다면 바로 알아차렸을 것이다. 둘의 대화는 은밀하면서도 의미심장했다.

"알겠습니다. 접속 방법에 대한 건 바로 폐기 조치 하겠습니다."

"그렇게 해. 최대한 아군도 모르게 해."

"네, 국장님."

"후우, 좋군."

시가의 향을 음미하고 뱉어내면서 국장 라이놀은 마치 약을 한 것 같은 몽롱한 표정을 지었다. 그런 그의 앞에 있는 스미든도 비슷한 표정을 지었다.

황홀한 둘의 표정.

하지만 이들은 아직 모르고 있었다.

자신들이 살던 곳은 정보 세계의 전쟁터였지 리얼 라니아가 아니었다는 것을. 그리고 이곳은 정보보다는 개인의 무력이 으뜸인 세계라는 것을.

또한 지금 막강한 버그를 몸에 장착한 탑 랭커에서 송곳니를 들이밀고 있다는 사실도 전혀 모르고 있었다.

episode 28
만월의 밤

라블레스가의 상행은 순조로웠을까?

아니, 정반대로 지랄이었다.

종일 내리는 비에 대로는 진창이 됐고, 그러다 보니 이동 자체가 아주 극악한 피로를 몰고 왔다.

제대로 이동을 못 하니 그에 따라 찾아오는 스트레스도 상당했다. 다들 말은 안 하고 있었지만 얼굴에 점차 드러나기 시작했다. 그렇게 일주일을 이동했을 때, 결국 차샤와 노엘이 석영을 찾아왔다.

"후, 이대로는 안 되겠어."

"이번만큼은 저도 단장님의 의견에 동의합니다. 스트레스가 너무 심해요. 만약 기습이라도 받으면 제대로 대응을 못 할 겁니다."

두 사람의 의견에 석영도 고개를 적극적으로 끄덕이며 동의했다.

자신도 몸 상태가 정상이 아님을 알고 있었다. 육체 강화 덕분에 몸살이 온 건 아니지만 눅눅하고 질척이는 땅을 따라 이동한다는 것 자체가 정신력 소모를 배 이상이나 일으켰고, 스킬 자체가 정신력 소모를 불러오니 안 그래도 불안하던 참이다.

"알다시피 나나 일행은 이곳 지리를 잘 몰라. 혹시 쉴 만한 곳이 있나?"

"비를 피하기 위해서라면 아무래도 나레스 협곡 초입이 좋을 것 같은데? 그쪽에 쉼터가 많아."

"여기서 얼마나 걸리지?"

"지금의 이동속도라면… 반나절?"

최소 여섯 시간을 이동해야 한다. 석영은 잠시 고민하다가 문호정을 바라봤다. 석영의 시선을 받은 문호정이 확실히 전과는 다른 지친 걸음걸이로 다가왔다.

"왜? 무슨 일이야?"

"아무래도 좀 쉬어야 할 것 같습니다."

"그럼 쉬면 되잖… 그럴 곳이 없구나."

주변을 돌아보는 문호정. 석영도 그녀의 시선을 따라 주변을 한번 돌아봤다.

평야이다. 나무 하나 없고 밀이 가득 심어져 있는 널따란 평야. 왕도를 향해 가는 대로는 프란 중앙 평야를 관통해야 한다. 이 평야가 끝나는 곳에 나레스 협곡이 있고, 그 협곡의 초입은 우중충한 구름에 가려 아직 보이지도 않았다.

"쉴 만한 곳이 있긴 한데 한 반나절을 가야 한답니다."

"그런데 그 반나절을 가기에도 상황이 여의치 않다는 거지?"

"네."

"흠."

문호정은 턱을 손으로 살살 긁으며 생각에 잠겼다. 란저씨와 란줌마의 군주는 석문호이지만 대외적인 결정은 아무래도 문호정이 전부 도맡아서 했다. 석문호는 행동대장에 가까웠다.

바지사장까지는 아니고 문호정이 이런 쪽으로는 더 뛰어나서였다. 지금도 석문호는 잠깐 쉬는 틈을 타서 라울의 수련을 도와주고 있었다. 라울도 이런 상황에서 훈련을 한다는 게 대단하지만, 그걸 지시하는 헨리나 도와주는 석문호도 보통은 아니었다.

차샤는 송에게 치안대 조장의 호출을 정중히 부탁했고, 호출을 받은 치안대 조장이 다가왔다.

"무슨 일이십니까?"

"아무래도 이대로 이동하는 건 위험하다 생각돼서요. 쉴 만한 곳이 있긴 하지만 좀 오래 걸리고, 그곳까지 그냥 가자니 그 안에 기습이 있을까 봐 걱정스럽기도 해요. 아시다시피 저희가 정상적인 상행은 아니잖아요? 그래서 여기서 쉴지, 아니면 강행해서 나레스 협곡 초입까지 갈지 상의 중이에요."

"으음, 알겠습니다. 일단 왕녀님께 전하고 오겠습니다."

"네, 그래주세요."

치안대 조장이 왕녀의 마차로 향했고, 이번엔 휘린이 왔다. 천막까지 오는 동안 휘린은 몰아치는 비바람에 옷이 잔뜩 젖은 상태였다. 비바람이 더욱 강하게 몰아치기 시작했다.

"이거 안 되겠는데……. 노엘, 방법이 없을까? 이대로는 이동 못 해. 주기가 제각각인 애들이 많아서 지금 말은 안 하고 있지만 아마 죽겠는 애들도 있을 거야."

차샤의 말에 석영은 잠시 알아듣지 못하다가 나중에야 속으로 '아아' 하면서 납득했다.

후두두두!

이제는 빗방울이 마치 송곳처럼 대지에 처박혔다. 차샤는 일단 급히 천막을 치게 했다. 안 그래도 체온이 내려가 있는 상태에서 비까지 맞으면 감기라는 못된 놈이 찾아와 괴롭힐 것이다. 그놈은 또 전염성이 꽤나 뛰어나서 여기저기 옮겨 다니며 괜찮던 사람들까지 못살게 굴 것이다. 현 상황에서 그건 최악이다.

"저기……."

그때 김선아가 다가왔다.

홀딱 젖어 비 맞은 강아지 같은 그녀. 나이가 사십 줄이 넘었다고 들었는데 대체 얼마나 관리를 잘했으면, 그리고 얼마나 타고났으면 아영이보다도 어려 보이는지 의문인 김선아의 이어진 말은 모두의 얼굴에 화색이 돌게 만들었다.

"우리 인벤토리에 대형 천막이 꽤 되거든?"

"대형… 천막요?"

차샤가 묻자 어느새 말을 놨는지 김선아가 고개를 끄덕이며 바로 답했다.

"응, 사방을 막아주는 형태야. 개당 스무 명은 들어갈 수 있을 정도로 다섯 개."

개당 스무 명이 들어갈 수 있는 걸로 다섯 개면 백 명이다. 그럼 여기 있는 인원이 전부 다 들어간다.

"근데 왜 그걸……."

"그게… 사정이 있어. 이건 우리 영업 비밀이라 여기서 말해주긴 좀 그래."

김선아가 석영의 말에 살짝 난처한 미소를 그리며 답했다. 석영은 그럴 수도 있겠다고 생각했다. 자신도 말 못 할 비밀이 있는 마당 아닌가. 석영도 말을 해야 할까 말까 고민 중이다. 물론 그 고민의 주제는 타천 활이고.

"일단 펴줄게."

김선아가 곧바로 움직였다. 그리고 대로 중앙을 살짝 벗어난 공터에서 손끝으로 허공을 터치했다.

그러자 골 때리는 일이 발생했다. 동시에 모두의 말문이 막혔다. 눈앞에 순식간에 짙은 계열 색상의 대형 천막이 떡하니 나타난 것이다. 팔각형의 형태를 가진 텐트를 보며 석영도 헛웃음을 흘렸다.

"……."

모두가 침묵할 때 석영은 '이걸 어디서 봤더라?' 하며 어떤 기시감을 느꼈다. 그러다 손바닥을 쳤다.

"드래곤 볼?"

그 왜 있잖나.

드래곤 볼에서 무슨 캡슐 같은 걸 휙 던지면 '펑!' 하는 소리와 함께 집이 만들어지는 장면. 지금 김선아가 행한 모습은 소리만 안 났지 그것과 아주 흡사했다. 김선아는 그걸 정확히 다섯 번을 반복했다.

정말 골 때리는 부분에서 또다시 게임의 형태를 보였다.

'아니지. 그럴 리가 없는데? 저런 건 라니아에 아예 없었는데?'

게임상에서 텐트를 만들 일이 뭐가 있나. 귀줌 한 장이면 마을로 돌아오는데. 그리고 그냥 쉴 거면 로그아웃이다.

저런 기능이 있을 리가 없었다.

'설마…….'

버그?

석영은 자신과 같이 버그가 걸려 있는 유저를 만난 게 아닌가 싶었다. 그렇게 생각하니 난처한 웃음을 흘리던 그녀의 모습이 다시 떠오르며 이해가 갔으며, 그 이해는 자신의 생각에 확신할 수 있는 증거가 됐다.

'조만간 물어봐야겠어.'

버그라…….

돌아오는 김선아를 보는 석영의 눈은 어느새 어떤 확신을 담아 의미심장한 빛을 담고 있었다. 그런 석영의 눈빛을 봤는지 김선아가 슬그머니 시선을 돌렸다. 상황이 여의치 않아 꺼내긴 했지만 아무래도 더 이상 진지하게 물어보는 건 실례가 될 것 같았다.

아쉬웠다. 석영은 그래서 일부러 문호정과 같은 막사 말고 휘린이 있을 텐트로 들어갔다. 휘장을 걷자마자 '우와! 우와아!' 하는 차샤의 탄성이 들렸다. 석영도 텐트 내부를 둘러봤다. 헛웃음이 나올 정도로 내부는 잘 꾸며져 있었다. 도대체 어떤 방식이 적용된 건지 특별한 조명이 없는 데도 텐트 내부가 밝았다. 게다가 온기가 감돌고 있었다.

"서, 설마… 여긴 샤워실?"

텐트 구석에 커튼처럼 쳐진 곳이 있었는데 차샤는 놀라서 입을 다물지 못하고 있었다.

샤워실까지 있다면 정말 대박이다.

이게 대체 어디서 났을까?

석영은 여기서 완전히 확신했다.

'버그 유저다. 그것도 라니아는 아니야. 다른 게임의 버그를 가진 거야.'

이런 게 라니아에 존재한다는 것 자체가 말도 안 되고, 있었다고 한들 지금은 역으로 게임 시스템이 사라지고 있는 마당에 이런 드래곤 볼 빰치는 캡슐이 나왔다고? 이 역시 말이 안 된다.

"저……."

휘린이 놀란 얼굴로 다가왔다.

"이건 대체 뭐예요, 오빠?"

"…나도 처음 본다."

그녀의 질문에 석영도 대답해 줄 수 없었다. 대신 아까는 안 물어보는 게 예의일 거라 생각했지만 지금은 아니었다. 궁금하다. 정말 그 예의 없는 짓을 하고 싶을 만큼 말이다.

네 개의 텐트에 라블레스 상가, 발키리 용병단, 그리고 치안대 1개 조가 다 들어갔고, 한 개는 란저씨와 란줌마가 단독으로 쓰고 있다. 다시 한번 쭉 훑어보았다.

두드드드!

떨어지는 빗방울이 텐트를 강타하는데 비닐이나 천 재질이 아닌지 텐트의 겉면이 미동도 없었다. 바람이 불어도 마찬가지였다. 팽팽하게 펴진 상태를 유지하고 있었다. 역시 이건 기묘했다. 김선아가 있을 텐트를 열고 들어가니 대화가 뚝 멎었고, 시선이 석영에게 다다다 달려왔다.

"이리 와 앉아."

문호정이 옆 바닥을 치며 석영을 불렀다.

뻔히 보니 중앙에 동그란 탁자가 보였다. 그리고 밑으로 이불이 내려온 형태를 보니 일본의 난방 기구 중 코타츠(こたつ) 같았다. 일드나 애니도 꽤나 봤던 석영이라 저런 건 익숙했다. 다만 빅 사이즈였다. 열댓 명은 옹기종기 앉을 수 있을 정도로 말이다. 그걸 보자마자 석영은 어이없는 웃음을 다시 한번 흘리고 말았다. 그러고는 다가가서 앉아 그냥 대놓고 물어봤다.

"무슨 게임입니까?"

"큥, 걸렸네. 거봐."

석영의 질문에 막내지만 외모는 첫째인 김선준이 고개를 절레절레 저었다. 김선아는 여전히 뒤통수를 긁적거리고 있었다. 그러다 이내 결심했는지 눈에 힘을 주고는 석영을 노려봤다.

"그러는 너도… 그, 그날 되게 익숙한 활 들고 있었어!"

예상도 못 했다.

그때 바로 활을 인벤토리에 넣었는데 그게 아무래도 걸린 것 같았다. 다만 익숙한 형태만 봤을 뿐 어떤 활인지 특정은 못 하는 것 같았다. 아니면 아는 데도 석영이 이실직고해 주길 바라고 있는 것일 수도 있었고.

어쨌든 이건 옆구리에 제대로 들어온 카운터펀치였다. 석영이 쓴 미소를 짓자 문호정과 석문호가 석영의 어깨를 툭툭 쳤다. 마치 우리도 알고 있다는 뉘앙스가 가득 담긴 행동이어서 석영은 속으로 한 사람의 존재를 떠올렸다.

'김아영…….'

설마 붙었나 하며 이를 뿌득 갈고는 인벤토리에서 타천 활을 꺼냈다. 사실 란저씨와 란줌마는 믿을 수 있었다. 석영의 기준으로 이 사람들이 아니었다면, 이 사람들과 같은 혈맹 생활을 안 했다면 어쩌면 석영은 극단적인 선택을 했을지도 모른다. 무료함, 지루함, 세상에 대한 원망과 좌절감 등등이 섞인 지독한 외로움이 당시 란저씨와 란줌마에 가입 전 석영의 심리 상태였기 때문이다.

그런 이들에게까지 속이는 건 역시 아니라는 생각에 꺼내든 타천 활에 놀란 다섯 쌍의 시선이 자석에 끌리듯이 딸려와 박혔다.

"아, 역시 잘못 본 게 아니었네."

"타천… 활? 헐! 와! 이거 빛 봐. 몇 강이야?"

여태껏 조용하던 김선준과 김선강의 말이 격하게 떨렸다. 눈빛이 반짝반짝한 게 침까지 줄줄 흘릴 기세였다.

"역시 석영이 너도 버그 유저구나?"

버그 유저?

문호정의 말에 설명을 요구하는 눈빛으로 바라보자 그녀는 정말 뜻밖의 말을 해줬다.

"석영이 너, 그 종말이 될 거라던 날, 싹 질렀지?"

"…네, 설마?"

"후후, 그래. 우리도 질렀어. 다만 우린 라니아가 아니었을 뿐이야. 각자 종말에 대비하는 방법이 다른 것 정도는 알잖아? 우리는 가족이 있어. 그래서 가족끼리 마지막을 오붓하게 즐겼지. 이이나 나는 애들이랑 음식을 차려놓고 즐겁게 떠들고 있었어. 의도적으로 잊고 싶었던 거야. 이 세상이 끝난다는 사실을. 그래서 술도 엄청 마셨어. 그러다가 취기에 핸드폰에서 울린 푸시 소리를 듣고는 멋모르고 그냥 조작했던 거지. 그리고 그때가 마침 마지막이었어. 그런데 다음 날 눈을 떴을 때 어떻게 됐는지 아니?"

석영은 말없이 고개를 저었다.

"핸드폰이 사라졌어."

"네?"

순간 턱 숨이 막히는 느낌이 들었다.

'어, 어어?' 하는 순간 문호정이 예의 그 자상한 미소를 지었다.

어때, 한번 맞혀볼래?

'헐!'

이번엔 정말 헐 소리 나올 일이었다.

머릿속에 마치 시스템 공지처럼 문호정의 목소리가 울렸다. 그 목소리는 정말 너무나 생생해서 문호정이 머릿속에 들어와 직접 말하는 것처럼 느껴졌다. 전신에 소름이 쫘악 내달렸다.

설마 핸드폰 기능이?

“나는 이런 버그야.”

문호정이 웃었다.

그런데 그 웃음이 어째 그렇게 기분 좋아 보이는 웃음은 아니었다. 육체 강화를 통해 게임 시스템을 사용하는 건 전부는 아니더라도 꽤나 많은 사람이 있다. 못해도 몇천만. 그렇지만 지금 문호정이 보여준 건 인외(人外)다. 말 그대로, 문자 그대로 인간의 능력을 벗어난 것.

무늬처럼 보이는 초능력이 아닌, 진짜 초능력인 거다.

이건 인간의 기본적인 사상 자체를 송두리째 뒤흔들 대사건이었다. 석영이었다면? 나는 인간인가? 아니면 인간이 아닌 다른 인류인가? 이에 대해 분명히 고민했을 것이다. 혼자 있을 시간이 많고 생각이 많은 석영이라면 아주 당연한 수순이었다. 부럽지 않느냐고? 현대 스마트폰의 기능이 육신이나 정신과 동기화됐다면?

‘절대…….’

오히려 그 반대로 저주라고 생각했을 것이다.

석문호는 아니었다.

“나한테 애들이 있는 건 알지?”

“네. 아들이랑 딸 하나씩 있는 걸로…….”

“이게 통제가 안 돼. 가끔 날뛸 때가 있어. 잠결에 이이 머릿속에 막 소리를 지를 때도 있고, 애들 머릿속에 걸 때도 있고……. 그래서 여기에 있는 거야. 치료할 방법, 그게 아니라면 최소한 통제하는 법을 찾으려고."

그 말대로라면 정말 민폐였다.

갑자기 자는데 좀 전처럼 선명한 목소리로 말을 걸어봐라. 그것도 잠결인데. 정말 기절할 정도로 놀랄 것이다. 석영도 소름이 쭈뼛 섰을 정도였으니까. 그렇다면 이건 느긋한 여행은 아니라는 뜻이다.

언제나 밝게 웃던 문호정이다.

그런데 어머니라서 그런가? 그런 걸 석영은 일주일간이나 같이하면서도 알아차리지 못했다. 아파도 내색 안 하고 자식들과 주변 사람들을 위해서 희생하는 문호정은 정말 어머니상의 표본이었다.

"뭐, 그건 내 경우만 그렇고, 선아는 좀 달라. 재는 즐기고 있거든."

"저야 그렇죠. 그런데 언니가 그 말을 하고 나서인지 말하는 게 좀 부담스러워졌어요. 칫."

"호호, 부담은? 내숭 그만 좀 떨어, 얘. 내가 네 성격 다 알거든? 이 요망한 것이."

"언니, 거기까지."

김선아는 아까와는 다른 얼굴로 문호정을 노려본 뒤 머리를 쓸어 넘기며 석영에게 시선을 돌렸다.

"내 경우는 좀 달라. 나도 너처럼 그날 작정하고 질렀거든. 아틀란티스 알지?"

"네오사(社) 아틀란티스입니까, 아니면 뮤사?"

"네오사."

"아……."

석영은 이해했다.

석영처럼 게임을 좋아하는 사람치고 네오사의 아틀란티스를 모르는 사람은 없다. 현존하는 모든 게임 중 원 탑의 위엄을 차지하는 자유도. 수백 개의 모드가 있고, 지구의 태초부터 시작해 우주 세기를 다룬 시나리오가 있다. 전쟁, 정치, 상업같이 주 공략 모드가 있고, 그 아래 서브로 연예인, 스포츠 선수 등 서브 공략 모드가 있지만 이 또한 플레이어의 자유다. 그냥 하고 싶은 대로 하는 게임이란 소리다.

수백수천 가지의 재료로 진귀한 아이템을 만들 수 있고, 그런 아이템은 굉장히 고가로 풀린다. 레시피는 당연히 더욱 귀하다. 확률적으로 존재하는 0.1%의 아이템은 그야말로 억 소리가 난다. 듣기로는 건물을 사는 것도 가능할 정도라고 했고, 몇십억에 극한으로 개발된 행성이 팔리기도 했다. 그게 바로 끝없는 자유도를 자랑하는 네오사의 아틀란티스다.

"음, 나는 이쪽 식으로 표현하자면 대장장이였어. 모든 아이템을 만드는 올 마스터이기도 했고."

"이해했습니다."

그렇다면 이 텐트처럼 어처구니없는 아이템을 만드는 게 이해는 간다.

"하지만 제약은 좀 있어. 이 세계관을 비트는 아이템은 못 만들어. 예를 들어 핵무기나 탄도미사일 같은."

"설마 만들어보려고 했습니까?"

"그럼, 왜 안 했겠어? 내가 못 만드는 건 없었어. 그러니 어디까지 가능한지 당연히 실험해 봤지. 갑옷이나 창칼은 가능해. 총도 되고. 그런데 레이저 건이나 레일 건 같은 건 안 되더라고. 아예 그쪽 조합 창은 잠겨 있어."

"막장이네요."

석영은 딱 한마디로 답을 내놓았다.

그래, 자신만 버그 유저는 아닐 거라고 생각은 했다. 그런데 이렇게 가까운 곳에 두 사람이나 있을 줄은 몰랐다.

설마 한지원도?

에이, 그녀는 보니 자체로 괴물이다. 애초에 종이 다르게 느껴지는 사람이었다.

"너는 그냥 타천 활 하나?"

"네, 그전에 다 질렀고, 나머지 타천 시리즈 방어구는 싹 날아갔습니다. 그리고 유성우가 떨어지며 세상이 하얗게 변할 때, 그때 질렀습니다."

"와우! 그 와중에 지르고 가니, 이걸? 삼이었지?"

"네."

"몇으로 떴어?"

"오."

"워!"

김선아는 질렸다는 듯 탄성을 흘렸지만 눈빛이 반짝거렸다. 탐욕으로 인한 반짝임은 아니었고, 순수한 호기심으로 보였다.

"이거 성능은 어때?"

"여태껏 제대로 급소에 한 방을 맞고 버틴 놈은 없습니다."

"고블린 부족장도? 그거 퍼스트 킬이 너였지?"

"네."

"그놈도 한 방?"

"관자놀이에 한 방 넣으니까 죽던데요?"

"이야!"

김선아는 현실에서도 타고난 엔지니어였다. 기계 정비 쪽인데, 모두 혼자 독학으로 자격증을 취득해 동생들과 정비소를 운영하고 있었다. 말 그대로 재능에 노력까지 한 천재였다.

후드드드!

빗소리가 갑자기 거세졌다.

석영이 움찔하며 천장을 올려다봤지만 김선아는 그냥 웃었다. 이어 나온 동생들의 설명.

"야, 이 정도는 괜찮아."

"대형 태풍도 견디는 텐트다."

대형 태풍도 견딘단다.

석영은 개폐만 잘 단속하면 이 세상 최고의 방공호가 될 것 같은 생각이 들었다.

"그보다 이제 우리 서로 숨기는 거 없……."

"석영아!"

"야, 정석영!"

밖에서 차샤가 부르는 소리가 들렸다.

딱.

김선아가 손을 튕기자 텐트의 문이 휙 열렸다. 개폐도 가능하다. 골 때리는 텐트다. 그러나 그 골 때리던 심정은 차샤의 외침에 단숨에 날아갔다.

"송이 다쳤어! 빨리 와봐!"

"뭐?"

벌떡 일어난 석영이 바로 달려갔다. 차샤가 발키리 개인 텐트로 석영을 이끌었고, 안으로 들어가자 '악! 아악!' 하는 비명소리가 들렸다. 급히 안으로 들어가니 피 냄새가 훅 풍겨왔다.

"비켜! 야! 송! 송! 갑자기 왜 이래?"

"으아아!"

가까이 다가가자 상체를 찢어놓은 송의 모습이 보였고, 그 앙증맞은 가슴골 사이를 번개처럼 가로지른 상흔이 보였다. 그리고 또 그 상흔 속을 흐르는 은빛 혈관 같은 게 보였다.

"이런, 씨발! 오늘 만월이야?"

"시기… 상, 젠장!"

차샤의 거친 말에 노엘이 그녀답지 않게 욕설을 내뱉었다.

"팔! 어깨 눌러!"

아리스의 말에 단원들이 우르르 달려들어 송의 어깨와 팔, 그리고 머리를 잡아 눌렀다. 석영은 그냥 멍했다. 이게 무슨 일인지 감도 안 잡혔다.

만월?

그게 송이 저렇게 비명을 지르는 것과 뭔 상관이 있는데?

"입! 입 봉해! 피 못 토하게 하고!"

"끄아아!"

평소 그렇게 귀엽던 송이 내뱉던 것과는 전혀 다른, 정말 지옥에서 끌어 올린 것 같은 지독한 고통을 토해내고 있었다.

"뭔 일이냐고?"

"라이칸! 만월의 라이칸에게 당했어!"

"그러니까 그게……!"

번쩍!

이성이 살아 있는지 언젠가 이곳의 서적에서 읽은 내용이 떠올랐다.

만월이 뜬 밤. 라이칸은 중독성을 지닌다고 했다. 뱀파이어처럼 말이다. 단, 자신의 종족으로 변이시키는 횟수는 개체당 일 회로 한정된다고도 적혀 있었다. 그리고 반드시 만월이 뜨는 날이어야 하는데, 이것도 모든 만월에 해당되는 게 아니었다. 만월에 음기가 정말 가득 차는 날만 가능하다고 했다.

송은 전방 척후조.

어디서 라이칸에게 당하고 겨우 돌아온 것이다.

"그게 오늘?"

"그래. 일단 성수 가지고 있는 건 부었… 악! 이 썅!"

두둑!

발목을 꽉 누르고 있던 송의 발목이 거친 소리와 함께 뒤틀렸다. 꽉 쥐고 있자 인대와 연골이 비틀어진 것이다.

"흡!"

그때 여성들의 손 사이로 거친 사내들의 손이 들어왔다. 소식을 듣고 치안대의 인물들과 힘이라면 어디 가서도 빠지지 않는 엔지니어인 김선준과 김선강, 그리고 돌쇠 석문호가 달라붙은 것이다.

"노엘!"

여전히 차샤는 송의 발목을 잡고 있었다. 그런 그녀의 외침에 노엘이 바로 석영에게 다가왔다.

"잘 들어요. 지금 송을 구하는 방법은 두 가지예요."

"말해."

흠칫.

살짝 떨어진 고개, 비슷하게 숙여진 어깨, 그리고 나온 음울한 답에 천하의 노엘이 흠칫 놀라 한 발자국 뒤로 물러났다.

"이대로 변이가 끝나 괴물이 되기 전에 편하게 만들어주는게 첫 번째 방법… 입니다."

"개소리 집어치우고, 두 번째."

"송을 숙주로 잡은 라이칸을 잡아 죽이는 겁니다."

"좋아, 내가 가지."

"만월이 뜬 날 밤의 라이칸은 일반 라이칸과 다릅니다. 그리고 그 개체 중에서도 돌연변이만 가능해요. 그렇기 때문에 매우 강합니다. 초인과도 대결이 가능할 정도라고 알고 있습니다."

"걱정 마. 내가 죽여."

석영은 그렇게 답하며 떨구고 있던 고개를 세우고 어깨를 폈다. 머리카락 사이로 새빨갛게 빛나는 눈동자. 정상적인 석영은 아니었다. 노엘이 입술을 깨물며 다시 물러났을 정도이니 말 다 했다.

뒤돌아서는 석영을 잡는 손길이 있었다.

문호정이었다.

"……."

감정이 싹둑 제거된 석영이 눈빛에도 문호정은 담담했다. 그렇게 잠시간 눈을 마주치고 있는 둘. 문호정은 동생으로서의 석영에게 정신 차려라, 힘내라 등의 말을 언어가 아닌 시선에 담아 건넸다.

석영은 그걸 받아들이지 않고 소매를 잡은 손을 뿌리쳤다. 그러자 문호정이 다시 석영의 손을 잡았다.

"이거 가져가. 선아가 만든 통신 기기야. 도움이 될 테니까 챙겨."

통신 기기, 이 또한 어이없는 물건이지만 지금은 그게 중요하지 않았다. 도움이 될 거라는 생각에 받았다. 돌아 나가는 석영의 손에 어느새 타락 천사의 활이 쥐어져 있었다.

"가속."

후드드드!

이제는 폭풍우가 됐다. 매서운 바람과 빗방울이 뺨을 후려쳤다. 그러나 석영은 그대로 내달렸다.

그 아이를 건드려?

나 때문에 이미 한 번 죽을 뻔했던 아이를?

그 이후 나를 정말 오빠처럼 따르던 그 아이를?

"죽여 버린다."

살벌한 다짐은 어둠에 싸여 먹혀 버렸고, 이내 석영의 모습 또한 어둠 속으로 사라졌다.

만월은 떴으나 폭풍우가 몰아치는 날, 석영은 정말 태어나서 처음으로 지독한 살심을 느꼈다. 그것도 인간이 아닌 이종족이라 할 수 있는 괴물에게 말이다.

송은 동생 같은 아이다. 이미 석영은 송에게 그런 감정을 느끼고 있었다. 송도 마찬가지다. 석영을 우러러보면서도 붙임성 있게 다가온 아이가 송이다.

소중한 아이?

그렇게 볼 수도 있었고, 알다시피 석영은 송에게 일말의 책임감과 죄책감도 가지고 있었다.

무작정 폭풍우를 뚫고 나가던 석영은 사위가 어둠에 잠겼다는 사실을 뒤늦게 자각했다. 긴장에 흥분이 너무 거셌기 때문에 현실을 제대로 볼 수가 없었던 것이다.

'침착하자. 이러다간… 죽어.'

석영은 일단 한 치 앞도 안 보이는 어둠을 해결하기로 했다. 마법 등불을 꺼내 켜려다가 잠시 멈칫했다. 마법 등은 일반 불빛과는 달라서 일정 거리를 확실하게 비춰준다. 다만 그렇기 때문에 문제가 생긴다.

놈이 근처에 있다면 석영을 금방 볼 수 있다. 반대로 석영은 놈을 파악하기 어렵다.

'시간이 없어. 송이 버티지 못하면…….'

그 아이는 괴물이 된다.

만월이고 지랄이고 진짜 개떡 같은 세상이다. 신세계에는 알지 못할 것들이 더럽게 많았다. 무슨 설화에 나올 법한 게 떡하니 현실에서 벌어진다.

'미끼쯤, 그까짓 거… 해준다.'

당장 시간이 없다. 이것저것 재다가는 송을 괴물로 만들 것이다.

석영은 결심이 서자 바로 등불을 켰다. 그러자 타이밍 좋게 통신이 들어왔다.

—석영아, 나야. 들려?

귀에 꽂은 이어폰을 통해 들려오는 소리. 문호정의 목소리였다. 대답 기능이 있나 싶어 일단 '네' 하고 대답하자 바로

'잠깐만' 하는 대답이 돌아왔다.

—접니다, 노엘.

"말해."

—비가 너무 와서 놈을 유인할 수 있는 혈향은 소용이 없습니다. 그렇다면 방법은 딱 하나입니다.

"뭐지?"

—미끼가 되어야 합니다.

"그러니까 어떻게 미끼가 되는 거냐고."

—등불 있습니까? 그걸 사용하십시오. 어차피 숙주는 하나밖에 못 둡니다. 남은 발키리 단원 전원이 등불을 들고 사방으로 퍼졌습니다. 혹시 저희 신호기는 챙겨 갔습니까?

"응, 반대쪽에 꽂고 있어."

—그쪽으로 놈을 찾으면 신호를 보내겠습니다. 그리고 지금 통신 중인 쪽으로 위치를 전달할 겁니다.

"좋아, 하나 물어볼 게 있는데."

—말씀하십시오.

노엘의 목소리는 차분하고 어딘가 모르게 공손함이 있었다. 석영을 인정했다는 의미이다. 하지만 당연히 이건 중요한 게 아니다.

"송이 괴물로 변하는 데 남은 시간은?"

—사람마다 다릅니다. 극악한 고통을 버티지 못하고 의식을 잃는 순간부터 변이가 시작됩니다. 반대로 버티고 버틸수

록 변이는 시작되질 못합니다. 송이 언제까지 버텨주느냐에 따라 다릅니다.

"그래, 송 바꿔봐."

후드드.

휘이잉!

몸이 흔들릴 정도의 바람이 한차례 석영을 흔들고 지나갔다.

—지금 매우 고통스러워하는 중입니다. 이성을 잃은 상태이기도 합니다.

"괜찮으니까 바꿔. 귀에다가 대줘."

—네.

잠시 부스럭거리는 소리가 나더니 '아아악! 흐아! 끄아아아!' 하며 그 귀엽던 송이 내지르는 거라고는 상상도 못 할 신음 소리가 들렸다. 사지를 봉해놓은 상태에서 마치 악령이 든 인간에게 성수를 뿌렸을 때나 나올 법한 고통에 찬 신음 소리다. 처절한 비명 소리가 더욱 진해졌다. 필시 귀에 가까이 댄 상태이리라.

"송."

—으아아!

부름에 대한 답은 비명으로 돌아왔다. 그에 입술을 깨물었다. 생각보다 비명을 듣고 있는 게 힘들었다.

"버텨. 이번엔 오빠가 구해준다."

당시 첨탑에서의 일을 상기하며 송에게 약속하는 석영이다.

오글거림의 극치라 할 수 있겠지만 지금 이 순간 송에게 꼭 해주고 싶은 말이었다. 석영은 이어서 천천히 전진했다. 마법 등불을 켜놓고 놈이 공격해 오길 바랐다. 다른 방법이 없었다. 만약 라이칸스로프가 불빛을 보고도 공격해 오지 않으면?

'제발 물어뜯으러 와라.'

그건 정말 최악의 상황이라 석영은 놈이 자신을 꼭 공격해 주길 바랐다. 나오기만 해라. 단방에 보내줄 테니까.

하여간 이놈의 골 때리는 세상.

라니아의 라이칸은 이런 능력이 없었다. 어차피 하급 몹이었고, 그중에 보스인 놈도 9검 정도면 쉽게 잡았다. 그런데 여긴?

'초인에 버금간다고? 지랄 같긴, 하여간.'

잡생각이다.

해선 안 되는 잡생각이 초조함 때문에 무분별하게 머릿속으로 찾아왔다. 석영은 머리를 털고 다시 움직였다. 무방비하게 활을 손에 쥐고 그냥 걸었다. 그러다가 아차 하는 생각이 들었다. 타천 활을 쥐고 있어서였다.

이 활은 모든 악마의 정점에 있는 존재의 부속품으로 만든 활이다. 마(魔)의 정점, 타락 천사 루시퍼의 날개 깃털, 뼈, 피, 힘줄 같은 걸로 말이다. 그러다 보니 만마의 기운이 강하게 풍긴다.

루시퍼 자체는 몬스터가 아니다. 악마지만 가히 그 위치는 설정상 신(神)이었다.

그러니 다가오지 못하고 도망칠 것이다.

오크가 드래곤을 피해 도망치는 것과 똑같은 이치이다.

석영은 바로 활을 바꿔 들었다.

그런데 그 순간이었다.

—끼이, 크르르!

짐승의 울음이 바람에 실려 석영의 귓가를 스치고 부서졌다. 석영은 일순간 흠칫하며 몸을 멈췄지만 다시 바로 움직였다.

'뒤. 이 새끼, 뒤를 노리고 있었어?'

게다가 이곳은 대형 텐트를 친 진지에서 그리 멀지 않은 곳이다. 그런데도 놈은 이 근처를 얼쩡거리고 있던 것이다.

'송이… 변이하길 기다리고 있던 거냐?'

으득!

주먹이 부서져라 쥔 석영은 최대한 감각을 세웠다. 그러면서 자연스럽게 걸으며 품에 손을 넣어 호각을 꺼냈다. 신호 체계는 알지만 그냥 알아서 받아줄 거라는 마음에 짧게 한 번 불고 다시 안으로 넣었다.

—그르릉!

그런데 호각을 분 다음 바로 놈이 울음을 다시 흘렸다.

'눈치챘나?'

그럴 수도 있었다.

괴물이니까.

초음파에 가까운 이 신호를 들을 수 있다고 생각하는 것도 무리는 아니었다. 석영은 아쉬웠다.

울음이 들리는데 놈의 위치를 잡을 수가 없다. 육안으로 놈의 위치만 잡을 수 있다면 이 개새끼를 잡을 수 있는데 말이다.

추적 샷의 능력은 믿어도 좋다. 확인만 하면 무조건 잡을 수 있다. 그런데 지금 괜히 뒤돌아서면 모든 걸 망칠 것 같았다. 덩달아 송이 더 이상은 못 견디는 게 아닐까 하는 초조함도 같이 찾아왔다. 그리고 마지막으로 직감이 찾아왔다.

'이게 마지막 기회다. 놓치면 끝이야.'

끝은 송의 최후를 의미했다.

석영은 이 끝을 볼 생각이 전혀 없었다.

'와라.'

모습만 드러내면 숨통을 뚫어주마.

후드드드!

빗방울이 점점 더 거세졌다. 뒤에 부는 바람에 놈이 그르렁거리는 소리가 희미하게 섞여 날아왔다. 석영은 그 소리가 점점 가까워짐을 알았다.

—석영아! 지금 다들 그쪽으로……!

석영은 자연스럽게 통신기를 빼서 품에 넣었다. 놈은 소리를 듣는다. 아니, 어떤 진동을 느끼는 것 같았다. 따라서 통신 자체가 놈을 주춤하게 만들 것 같았다. 위험이고 나발이고 이게 마지막 기회였다.

파스스.

바람 소리, 빗소리, 수풀 흔들리는 소리에 인위적인 소리 하나가 추가됐다. 석영은 놈이 대로로 올라와 자신의 뒤에 섰음을 알았다.

하지만 아직이다. 그 소리는 못해도 십 미터쯤 뒤에서 들려왔다. 지금 돌아보면 놈은 바로 몸을 숨길 것이다.

정정당당? 몬스터다. 지금도 뒤에서 슬금슬금 다가오고 있다. 동물의 성향을 지닌 놈이니 그 습성을 최대한 이용해야 했다.

'조금 더, 조금 더…….'

숨소리를 완벽하게 참을 수는 없는 건지 그르르거리는 울음소리가 아주 작게 흘러왔다.

덕분에 놈과의 거리를 인지할 수 있었고, 그건 회심의 일격을 준비할 타이밍을 잡는 데 지대한 공헌을 했다.

이놈은 석영의 보폭보다 조금 넓게 디디면서 아주 천천히 다가왔다. 하지만 결국 거리는 좁혀졌다. 조금 더, 조금 더.

—그르릉!

울음소리가 변했다. 석영은 그 순간 활을 교체했다.

—크와, 크르?

타천 활이 나오는 순간 놈의 흠칫하는 게 뒤돌아보지 않고도 모조리 느껴졌다.

석영은 바로 상체를 앞으로 숙이며 한 발 내디뎠다. 뻗은 발이 축축한 땅을 딛는 순간, 그 발을 축으로 삼아 전신을 회전시켰다. 그리고 그 회전의 순간 손가락은 이미 시위에 걸렸고, 회전이 끝나는 순간 시위는 팽팽하게 당겨져 어둠 속에서도 확연하게 보일 정도로 일렁이는 한 발의 화살을 머금고 있었다.

—끄으응!

보였다.

어둠 속에서 2미터에 가까운 장신에 직립보행을 하는 늑대새끼 한 마리가 확연하게 보였다. 안면에 박혀 붉은 흉광을 뿜어내고 있는 눈동자도 보였다.

하지만 놈은 겁을 먹었다. 아주 제대로 집어먹어서 기겁하고 있는 게 보였다.

꼬리를 만 개새끼처럼 끼잉, 끼이잉 하며 울음을 토해내지만 그 울음에 석영은 그저 싸늘한 미소만 지었다.

"반갑다, 이 개새끼야. 그리고……."

퉁!

슈가가각!

퍼걱!

뒤에서 누가 당기기라도 한 것처럼 놈의 대가리가 뒤로 쭉 밀려 바닥에 그대로 처박혔다. 이어서 박살 난 대가리를 푸들푸들 떠는 게 보였다.

"잘 가라, 이 개새끼야."

석영은 시위를 다시 당겼다. 그리고 심장, 목에 연달아 한 방씩 더 먹였다. 나중에는 목에다가 아예 난사를 해서 목 줄기를 갈기갈기 찢어버렸다.

퍽!

그리고 그걸 그대로 발로 걷어차 육신에서 분리시켜 버렸다.

으득!

그리고 다시 발로 짓밟아 으깨 버렸다. 그런 석영의 눈빛은 검붉은색으로 일렁이고 있었지만 흥분한 석영은 그걸 당연히 모르고 있었다. 주변에는 아직 아무도 없어 그런 사실을 알려주지도 못했다. 뇌수가 흘러나올 정도로 머리통을 짓밟아 깨놓고 놔서야 석영은 멈췄다.

"후우, 후우, 후우……."

내뱉는 숨에 하얀 김이 딸려 나온다.

극도로 올라갔던 분노 섞인 흥분이 가라앉고 나서야 사위가 제대로 다시금 인식됐다.

후드드드! 휘이이잉!

비바람은 여전했다. 석영은 품에서 다시 통신기를 꺼내 귀에 착용했다.

"누나, 접니다. 늑대 새끼 잡았습니다. 송은 어때요?"

—석영이? 안 그래도 연락하려고 했어. 지금은 발작을 멈췄어.

"후우."

다행이다.

노엘이 말한 대로 놈을 잡으니까 송의 변이가 멈췄다. 안도의 한숨이 저도 모르게 흘러나왔다.

—너는 괜찮니?

“네, 부상은 없어요.”

—후우, 다행이다. 지금 여기 차샤 단장님이 연락 따로 했어. 그쪽으로 사람들이 갈 거야.

“네, 가서 뵐게요.”

석영은 통신을 마치고는 다시 발밑의 라이칸을 바라봤다.

단 한 번에 승부를 가르는 타이밍 싸움.

승자는 석영이었고, 다행히 송은 변이를 멈췄다.

한밤의 해프닝이라고 하기에는 지나치게 힘든 밤이었다.

episode 29

전투간호사(戰鬪看護師)

다행히 송은 변이 과정을 빼면 큰 부상은 없었다. 복부를 길게 가르는 자상이 있었지만 다행히 물약을 빨리 부어서 상처는 완벽하게 아물었다. 물론 하얗게 흉은 남았지만 용병 일을 하는 송이 그 흉터에 연연할 성격은 아니었다.

폭풍우는 아침이 되자 씻은 것처럼 물러갔다. 해가 짱짱하면서도 서늘한 가을바람이 부는, 그야말로 최고의 날씨가 되자 송도 의식을 차렸다.

"에헤헤."

눈을 뜬 송이 가장 한 일은 힘없는 목소리로 웃는 것이었다.

"죄, 죄송해요……."

송을 밤새 간병한 차샤가 뒤이어 나온 사과에 눈을 부라렸다. 눈에는 피곤함이 있지만 걱정이 훨씬 많은 부분을 차지하고 있었다. 그래도 사과가 마음에 들지 않았는지 주먹으로 꿀밤을 툭 먹이자 '아야!' 하고 송이 맞장구를 쳤다.

"몸은?"

"괜찮아… 요. 화장실에 가고 싶은 것만 빼면."

피식.

"기저귀 채워놓았는데?"

"자존심이 용납하질 않네요."

송이 이어서 다시 '에헤헤' 하고 웃었다. 차샤는 송의 머리를 살살 쓰다듬었다. 그게 기분 좋은지 눈을 감고 즐기는 송. 차샤가 손을 떼자 송의 입술이 스르르 열렸다.

"어떻게 된 거예요? 붉은 눈동자를 본 이후부터 기억이 없어요."

"기억이 없어? 그런데 왜 죄송하다고 했어?"

"누워 있잖아요. 아, 내가 당했구나. 그게 미안해서……."

"너도 참 골 때린다. 너, 라이칸한테 당했어."

"라이칸… 요?"

송이 고개를 갸웃거렸다.

송 정도면 아무리 폭풍우가 몰아쳤어도 라이칸한테 당할 리가 없었다. 그녀가 가진 척후로서의 능력은 발키리 중에서도 탑이고, 모든 용병을 통틀어서도 상위 1% 안에 들어간다.

그 정도로 송은 뛰어난 인재였다.

"어젯밤, 만월이었어."

"만월… 요? 만월? 아아……!"

송은 그제야 이해가 가는지 고개를 끄덕였다. 만월이 뜨는 밤, 변종 라이칸이 탄생한다는 것쯤은 그녀도 알고 있으니까. 단지 기억이 바로 안 났을 뿐이다.

"그런데… 저, 살아 있네요?"

송은 대신 의문을 품었다.

라이칸에게 당하면 무조건 첫 번째 숙주는 변이 과정을 거치고 괴물이 된다. 이건 불변의 법칙이다.

"응, 변이 직전에 그가 라이칸을 처리했거든. 알지? 변이가 끝나기 전 모체가 죽으면 숙주의 변이도 멈춘다는 거."

"네, 그 정도는 알죠. 아아, 그랬구나."

송은 열심히 고개를 주억거렸다. 흠모하던 사람에서 이제는 생명의 은인까지 됐다. 발그레해지는 뺨을 숨길 수가 없어 모포를 끌어 올렸다.

그때 타이밍 좋게 석영이 들어왔다. 안으로 들어온 석영의 얼굴은 하얗게 질려 있었지만 표정만큼은 밝았다. 간밤에 라이칸과의 일전이 석영에게도 무리였다. 체력적인 부분이야 단방 싸움이라 크진 않았지만, 정신력 소모가 컸다. 그 탓에 밤새 좀 앓아 안색이 좋지 않을 뿐이다.

"괜찮아?"

다가온 석영의 질문에 송은 모포를 내리지 않고 고개만 살짝 끄덕였다. 부끄러움에 달아오른 뺨을 보이고 싶지 않은 송이었고, 그 모습에 차샤는 피식 웃었지만 지금 들어온 석영이야 영문을 모른다.

석영이 차샤를 돌아보자 그녀는 그저 피식 웃더니 이내 이유를 설명해 줬다.

"쟤, 화장실 가고 싶어서 그래."

뜨악!

눈이 왕방울처럼 커진 송은 급히 모포를 내리며 소리를 질렀다.

"언니!"

"아하하하!"

이어서 배를 잡고 웃는 차샤 덕분에 석영은 안도할 수 있었다.

평소의 송이다. 쫄래쫄래 쫓아다니던. 화장실에 가고 싶다고 해서 석영은 다시 신형을 돌렸다. 부끄러움에 몸부림 친 송인데 굳이 있을 필요는 없어서이다.

등 뒤에서 '단장 언니, 미워요!' 하는 송의 목소리를 끝으로 석영은 밖으로 나왔고, 기다리고 있던 문호정과 마주 섰다.

"잠깐 얘기 좀 할까?"

얘기?

문호정이 자신에게 할 얘기가 있었던가?

그 옆에 서 있는 굳은 표정의 석문호를 보며 석영은 천천히 고개를 끄덕였다.

*　　　*　　　*

와락!

지원은 유령처럼 솟아올라 경비를 서고 있던 녀석의 목을 잡고 그대로 비틀었다.

우드득!

목이 한 바퀴가량을 돌아 기괴한 표정으로 지원을 마주 볼 때쯤 옆에 있던 놈이 반응했다.

"헙!"

스가악.

그러나 그 어떤 행동도 할 수 없었다. 어느새 옆에서 솟아오른 지원의 동료가 그대로 목젖을 가른 다음 돌아 안아 입을 막았기 때문이다.

지원이 줄줄 끌어 경비병을 담에 기대놓는 순간, 동료도 지원과 비슷하게 자신이 죽인 놈을 벽에 기대놓았다. 그러더니 일어나 상큼한 목소리로 말했다.

"휴, 역시 간만이라 그런지 힘드네."

"거짓말하지 마, 언니."

"진짠데? 흐흐."

그렇게 말하며 호선을 그리는 눈매를 보고 지원은 그냥 피식 웃었다. 그 움직임, 절대 간만처럼 보이지 않았다.

예전부터 페어를 맞추던 동료 나창미다. 근접전의 스페셜리스트. 나창미를 아는 요원이라면 모두 그녀를 그렇게 설명한다. 한지원은 그냥 그 너머에 있었고, 인간 흉기라던 수많은 특수부대원을 조져 버린 게 나창미다.

근데 그게 그녀가 8등신의 늘씬한 몸매를 가져 수작질을 하다가 작살이 났다는 건 아마 겪은 자들만의 비밀이기도 하다. 신장은 한지원과 비슷하지만 마스크의 선은 완전히 달랐다. 한지원이 뇌쇄적이고 몽환적인 미를 품었다면 나창미는 그와는 정반대다. 석영이 봤다면 아마 휘린과 비슷하게 생겼다고 생각할 것이다. 물론 외모만 말이다. 어쨌든 그런 그녀도 전투의 달인이다.

—나 중위, 잡담 금지라고 했어.

그때 귀를 파고드는 통신.

이번 작전을 총괄하는 윤진아 대위다.

"죄송합니다."

—타이밍 잡아주면 바로 진입해서 정리해. 지원은 걱정 말고.

"네엡."

귀엽게 대답한 나창미가 한지원을 바라봤다. 지원은 그냥 조용히 고개만 끄덕였다. 현재 그녀는 작전 중이다. 일본에서 들어온 대량의 마약이 보관된 곳. 부산 칠성회의 마약 창고가 현재 담 너머의 별장 지하라는 첩보를 입수했다.

마약.

인류에게서 반드시 제거되어야 하는 악마의 가루.

그런 마약이 현재 저 별장 지하에 백 킬로가 넘게 보관되어 있다고 했다. 대체 얼마나 많은 사람을 지옥에 빠뜨릴 양일지 감조차 잡히지 않았다. 그래서 경비는 제법 삼엄했지만 그래 봐야 조폭이 서는 경비다. 이런 작전에 이골이 난 지원에게는 그리 어렵지도 않은 임무였다.

솔직히 무기만 제대로 보급해 준다면 혼자서도 들어가 썰어버릴 자신이 있었다. 하지만 대를 이끄는 장세미 대령의 의견은 달랐다. 확실한 섬멸전. 그게 장세미가 원하는 작전이었다. 물론 칠성회에 경고의 의미를 부여하기 위해서라는 걸 지원도 알기에 불만은 없었다.

'지루해…….'

하지만 지루한 건 어쩔 수 없었다.

어느 정도냐면 몸이 예열조차 제대로 안 됐을 정도이다. 지원에게는 정말 한참이라 느껴질 오 분이 지났다.

따분함에 창미까지 하품을 하는 순간.

부슝!

퍽!

둔중한 저격총 소리가 공기를 우악스럽게 찢어발겼다. 그리고 촌각 뒤, 육신이 터지는 소리가 맹렬하게 들렸다. 그 소리가 늘어지려는 지원의 육신과 정신의 멱살을 잡아 그대로 수면 위로 끌어 올렸다. 기다리던 신호다.

—투입.

짧은 윤진아 대위의 말에 지원은 곧바로 앞구르기로 벽과의 거리를 벌렸다. 그 순간 이미 창미는 자세를 낮추고 손을 마주 잡아 받칠 준비를 끝내고 있었다. 이런 건 척하면 척이다.

파바바박!

5m 정도 되던 거리가 정말 순식간에 좁혀졌고, 창미의 손을 밟은 지원의 신형이 그대로 솟구쳤다.

턱!

손을 쭉 뻗어 높은 담의 끝을 잡았다. 그때 다리에서 묵직한 무게감이 느껴졌다. 창미가 점프로 지원의 다리를 잡은 것이다. 지원은 그 상태에서 한 손을 더 뻗어 양손으로 벽을 잡고 버텼다.

부슝!

그때 다시 한번 어두운 새벽 공기를 찢는 한 발의 총성. 이어서 역시 퍼걱, 하는 소리가 들렸다. 그러나 그러든 말든 지원은 버티고, 창미는 지원의 옷을 잡고 그대로 기어 올라왔다. 둘 다 무장한 상태라 체중이 상당하건만 올라가는 창미도, 버티는 지원도 그리 힘든 기색은 아니었다.

창미가 먼저 올라가 담 위에 도착했고, 지원을 잡아 끌어올렸다. 두 사람은 그대로 안으로 뛰어내렸다.

"뭐야, 시발!"

부산인데 서울 토박이 어조의 욕설이 들렸다. 뒤이어 간사이 어조가 잔뜩 낀 일본말이 들려왔다.

일본 조폭들도 상주 중이었다.

하긴, 그럴 수밖에.

오늘은 아예 날을 잡고 거래 현장을 덮친 것이다. 겸사겸사 전부 죽여 버리고 마약은 깡그리 불태울 목적을 가지고 말이다. 사방에서 검은 양복을 입은 놈들이 뛰어나왔다. 수는 많아서 파악도 불가능하다.

그러나 저렇게 나오는 건 나 좀 얼른 죽여달라는 것과 다를 게 없었다. 지원하는 저격수가 하나가 아니기 때문이다.

부슝! 부슝! 부슝!

퍼버벅!

세 발의 총성이 시간 차가 거의 없이 울렸고, 가장 앞에 있던 세 놈의 머리가 그대로 터져 나갔다. 강화까지 끝낸 놈이라 구멍이 나는 정도가 아닌 머리가 정말 수박처럼 터져 버렸다.

그사이 야시경을 낀 지원과 창미가 거리를 두고 자리를 잡았다. 다행히 은폐, 엄폐 할 곳이 담 아래에는 너무 많았다.

처걱!

탄창이 들어가고, 단발 사격으로 맞춘 뒤 한 놈의 머리를 조준, 사격.

타앙! 퍼걱! 타앙! 퍽!

발당 한 놈씩 지원은 기계처럼 조폭들을 정리하기 시작했다. 세 놈째 잡았을 때, 창미도 사격을 시작했다.

타앙!

"뭐야? 뭐냐고!"

"어디야? 컥!"

부슝!

흔히 기관단총이라 말하는 MP5는 지원이 좋아하는 놈이다. 게다가 이놈은 지원의 손때가 잔뜩 묻은 놈이다. 못해도 오 년은 함께한 반려견? 그런 놈이다. 다만 일반 반려견과 다른 건 사람을 잡을 때만 사용된다는 점이다.

타앙! 타앙!

강화를 하며 이상하게 둔중해진 총성이 마음에 안 들긴 했지만 그래도 확실했다.

"치이쇼!"

늘어지는 사투리.

소리를 질러줘서 감사. 짧은 인사와 함께 놈은 그대로 뒤집어졌다. 지원과 창미는 착실한 기계 같았다.

높은 위치에서의 저격조와 안으로 침투한 단둘의 근접조가 별장 안쪽의 조폭 백여 명을 말 그대로 학살하고 있었다.

"전방 수류탄."

창미가 지원에게 들릴 만큼의 목소리로 수류탄을 뿌렸다. 높게 던지면 들키지 않겠냐고? 그래서 창미는 저공 투척했다.

마치 투수의 언더 투구 폼으로 뿌린 수류탄 하나가 지면에서 오십 센티 정도 떠서 팽이처럼 뱅글뱅글 돌며 조폭들의 틈으로 파고들었다. 안 그래도 패닉 상태라 놈들은 수류탄이 들어오는 것도 모르고 있었다.

툭.

그러다 한 놈의 정강이에 맞아 바닥에 뚝 떨어졌다.

"콰앙."

창미가 장난스럽게 그렇게 말하는 순간 터졌다.

꽈앙!

이어진 전투는 그냥 학살이었다.

수류탄에 저격, 두 명의 근접조로 인해 조폭 놈들은 혼이 달아나 버렸고, 저택 안으로 다시 도망가거나, 아니면 항복을 외치거나, 그도 아니면 어떻게든 숨어 손에 든 권총으로 사방에 난사했다.

물론 항복해도 봐줄 생각은 없었다. 아주 조금도.

시민의 고혈을 빨아먹는 기생충. 지원에게 조폭이란 그랬다. 살려둬 봐야 어차피 갱생도 안 될 그냥 쓰레기들. 이놈들은 특히 마약까지 손댄 놈들이다.

마약을 하는 놈들이 다른 짓은 안 할까? 분명 장기 밀매부터 총기 밀매까지 전부 손을 대고 있을 게 분명한 놈들이다. 그런 놈들을 살려둬서 뭐 하나. 그냥 죽여야지.

부앙! 부아아앙!

저택 뒤쪽에서 차가 토해내는 배기 음이 들렸다. 그러나 지원과 창미는 느긋했다. 설마 한 개 조가 저격수 셋, 지원과 창미, 그리고 작전을 지시하는 윤진아 대위까지 여섯 명이라 생각하는 건 아닐 것이다.

여기에 여섯이 더 있다.

그렇게 열둘이 한 개 조, 혹은 분대였다.

남은 여섯은 저렇게 도망치는 놈들을 족치기 위해 이미 뒤에서 대기 중이었다. 심지어 알라의 요술봉과 지뢰를 바닥에 쫙 깔아놓고 말이다.

쾅! 콰앙!

연달아 폭음이 울리며 욕설과 비명이 바람을 타고 지원의 귀까지 흘러들어 왔다. 특수전을 무수히 치른 여섯 명이 작정하면 대대 하나를 그대로 박살 낼 수 있다.

물론 그 대대가 마찬가지로 특수전을 훈련했다면 말이 달라지겠지만 이들은 그냥 조폭. 군대를 갔다 온 놈이 몇 놈이나 될까? 그리고 갔다 왔다 한들 삽질하고 낫질이나 했을 놈들이다. 정말 돌연변이 집단이라 할 수 있는 전투간호사 대원을 상대하려면 조폭 몇십은 있어야 할 것이다.

게다가 이런 기습전이라면 말할 것도 없었다.

그냥 학살이다.

투슝!

퍼걱!

몰래 튀려던 놈의 등짝에 그대로 박힌 한 방. 놈은 비명도 지르지 못했다. 인간의 탈을 쓴 악마가 키우는 도사견들이다. 개보다도 못한 놈들. 기르는 개는 그나마 주인을 알아보지만 이 새끼들은 때때로 주인도 물어뜯는 놈들이다. 제대로 먹이를 줘도 말이다.

"으아, 씨발!"

"마! 아가리 닥치라!"

어색한 부산 사투리.

이곳에 있다가 물든 게 아닌가 싶었다. 그러나 저런 놈들은 정말 미친 거다. 아직까지 지원과 창미를 발견하지 못한 건 둘째 치고 소리를 지른다고? 그건 위치를 알려줄 뿐이다.

처걱.

탄창을 갈아 끼운 지원은 문득 생각했다.

'몇 놈이나 잡았더라?'

한 스물까지는 재미로 센 것 같다.

"하암."

슬슬 지겨워지려는 지원이 몸을 움직이려 하는 순간.

—한지원 중위.

"……."

기가 막힌 타이밍이다.

지원이 가만있다가 대답하자 바로 무전이 날아들었다.

—안 돼.

"지루합니다, 대위님."

—놀이 아니야.

"…알겠습니다."

지원은 얼른 끝내고 모험을 떠나고 싶었다. 하지만 군은 상명하복이 원칙이고, 전간대대는 그게 특히나 심했다. 이건 아예 세뇌처럼 뿌리 깊게 박혀 있었다. 그게 좋은 건 아니지만 그렇다고 나쁜 것도 아니었다. 이런 괴물들이 사회에 풀릴 때를 생각하고 또한 작전을 생각하면 명령 불복종은 절대로 있어서는 안 될 일이었다.

"하아."

한숨을 쉬고 등을 바위에 기대는데 다시 무전이 날아왔다.

—같이한다. 삼 분만 기다려.

"네."

이번엔 바로 대답했다.

윤진아 대위.

모든 분야에서 거의 마스터.

정미경 대위보다 조금 낫고 대령인 장세미에 비하면 조금 부족한, 전간대대의 넘버 투가 윤진아이다.

근접전이나 게릴라라면 얼추 비슷하나 범위가 더 확장되면 지원도 윤진아는 버거웠다. 특히 시가전은 피하고 싶었다. 저격에도 일리가 있지만, 지형지물을 이용해 벌이는 난전은 그야말로 타의 추종을 불허하는 사람이니 말이다. 게다가 무기도 잘 쓴다. 근접 격투야 말할 것도 없고 권총을 들면 아주 화끈한 여자로 변한다.

그런 여자다.

영화에서나 나올 법한, 소설에서나 나올 법한. 전간대대가 왜 괴물 집단인지 그 이유 중 한 축을 당당하게 담당하는 상관이 바로 윤진아였다. 뭐, 어쨌든 그런 그녀가 이제 소탕전을 시작한다니 지원은 그저 좋았다.

'얼른 끝내고… 들어가자.'

미지의 세계. 뭐가 나올지 모르는 쫄깃한 모험이 존재하는 곳. 요즘 그녀의 유일한 낙이라 할 수 있는 건 신세계 휘드리아젤이었다.

'그 사람은 잘하고 있을까? 아영이도 요즘은 통 연락이 없네.'

아예 들어가서 사는 건지 요 근래엔 연락이 없는 둘에게 어쩐지 서운함을 느낀 한지원은 속으로 툴툴거렸다. 그러는 동안 삼 분이 어느새 지나갔다.

—삼십 초 뒤 알아서 시작해.

"라져."

"라아져어."

지원의 대답과 늘어지는 창미의 대답이 있은 뒤, 지원이 딱 삼십 초를 세는 순간 창미의 목소리가 다시 들렸다.

"전방 수류탄."

느끼한 목소리.

창미는 아마 탄 발음 뒤에 하트를 붙여 던졌을 것이다.
휘리리릭!
그러나 수류탄은 하트 따위를 붙여줄 수 있는 놈이 아니었다.
처걱! 처걱!
소총 대신 커스텀 베레타를 꺼내 든 지원은 타이밍을 기다렸다.
콰웅!
"으악!"
"뭔 놈의 씨발! 수류탄이 날아와!"
욕설이 날아든 곳을 정확히 파악한 뒤 상체를 숙이고 내달렸다.
타앙!
그때 어느새 벽에 올라온 윤진아가 담 위에서 숨은 조폭들을 향해 사격을 시작했다.
"썅! 이런, 시발! 놈도 아니고 년이야?"
피식.
성별이 중요한 건 아닐 텐데? 그 생각을 하는 순간, 좀 전에 말을 뱉은 놈의 관자놀이가 보였다.
타앙!
퍽!
놈이 그대로 고꾸라져 쓰러지자 시선이 지원에게 달라붙었다.

"년이면 뭐 어쩔 건데? 응응?"

뒤이어 창미의 대답이 들려오고 어떤 역사적인 단어가 생각나는 총성이 뒤이어 울렸다.

탕탕탕!

두 놈의 대가리가 뒤로 훅 젖혀졌고, 한 놈은 덜덜 떨며 들어 올린 손목을 날려 버렸다.

아, 물론 손에 잡혀 있던 총도 같이 날아갔다.

"어머, 미안요. 아프겠다."

샐쭉 웃은 창미가 날아간 손목을 부여잡고 덜덜 떠는 놈에게 상큼한 윙크를 날려줬다.

"누나가 안 아프게 천국 보내줄게."

타앙!

퍽!

미간을 그대로 뚫는 한 방.

지원은 그 순간에도 움직이면서 한 놈씩 착실하게 정리하고 있었고, 담 위에서 윤진아도 다시 패닉에 빠져 버린 조폭들을 한 방에 하나씩 정리하고 있었다. 정말 말 그대로 학살이었다.

전술의 전개, 훈련, 실전 경험, 이 모든 게 녹아들어 괴물이 된 셋을 조폭 백 명이 감당하질 못했다.

아니, 감당은커녕 도망가는 놈들이 생길 정도였다.

"으아! 항복! 살려줘!"

한 놈이 총을 내던지고 무릎을 꿇은 뒤 울부짖듯 소리쳤다.

그러나 아까도 말했듯이 이놈들은 인간의 탈을 쓴 악마가 키우는 도사견. 살려둘 필요가 개미 똥만큼도 없는 놈들이다.

"싫엉."

타앙!

퍽!

창미의 글록에서 발사된 탄이 그대로 항복을 외치던 놈의 대가리를 뚫었다.

"난 머리 날리는 게 그렇게 좋더라? 오홍홍!"

상황에 어울리지 않는 말을 뱉어내는 창미는 확실히 정상이 아니었다. 지원도 그렇지만 창미는 좀 더 심했다.

그럴 이유가 있었다. 창미는 지원의 인생을 변화시켜 버린 전쟁에서 한 번 포로로 잡힌 적이 있었고, 겨우 구출해 냈지만 그때부터는 인성이 변해 버렸다. 예전에는 좀 듬직한 스타일이었는데, 지금 봐라. 저게 듬직한가. 전에 본 할리우드 영화의 할리퀸이란 캐릭터가 떠오를 정도였다.

몽둥이 하나 쥐어주면 아주 그냥 죽여줄 것 같았다. 물론 몽둥이를 주기 전에 광대 분장에 찢어진 티셔츠, 짧은 핫팬츠와 부츠, 그리고 구멍 난 스타킹을 줘야겠지만 말이다.

'그럼 난 조커인가?'

페어를 맞추고 있다는 생각이 드는 지원이다.

힐끔 고개만 빠끔히 내밀고 총을 내미는 조폭이 보였다. 귀엽다, 정말.

타앙! 퍽!

놈의 총구에서 발사된 탄은 지원을 한참 빗나가 바닥에 박혔다. 총이란 게 원래 쉽지 않다. 총구를 제대로 겨눠도 격발 타이밍이란 게 있다. 물론 이론은 이미 인터넷에 널리 퍼져 있지만 그걸 안다고 제대로 쏠 수는 없다.

그런 건 전부 무조건 훈련을 통해 몸에 습득되기 때문이다.

"칫쇼옷!"

일본 놈 하나가 날을 잘 벼린 일본도를 들고 달려들었다. 근데 대상이 지원이 아니고 여유로운 자세와 표정으로 탄을 갈고 있는 창미를 향해 달려들었다. 지원은 쏠까 하다가 괜히 창미가 뭐라고 할까 봐 그냥 내버려 뒀다.

"어머낭, 누나가 만만한가 봐?"

샐쭉 웃은 창미가 익숙한 동작으로 총을 집어넣고 칼을 기다렸다.

쉬아악!

"얍!"

칼날 잡기.

내려치는 동작도 아니고 사선으로 베어 들어오는 걸 잡았다. 그것도 궤적 안으로 몸을 밀어 넣으면서 말이다. 이게 바로 극명한 실력 차이란 것이다.

"놀랐니?"

빠각!

그리고 칼을 놓으며 그대로 팔꿈치로 안면에 한 방, 이어서 몸을 돌리며 송곳처럼 말아 쥔 주먹으로 옆구리에 연달아 두 방, 목울대에 한 방을 넣자 꺽꺽거리며 뒤로 물러났다. 여기서 이미 승부는 깔끔하게 갈렸다. 호흡을 잃은 놈이 창미의 막타를 막을 수 있을 리 없기 때문이다.

서걱.

울대 바로 아래를 쭉 긋고 지나가는 대검.

"크륵, 크르르……."

본능적으로 목을 부여잡지만 이미 늦었다.

지금 당장 최고의 외과의가 온다고 해도 죽음은 피할 수 없을 것이다. 이놈은 수 분 내로 숨이 끊길 테니 말이다.

그리고 창미는 확실한 여자였다.

타앙!

부들부들 떨며 물러나는 놈의 미간에 정확히 한 발 꽂아주고는 '후우' 하고 마치 홍콩 영화의 배우처럼 총구에서 나는 화연을 불었다.

—나 중위, 폼은 그만 잡고 정리부터.

그 모습에 윤진아의 핀잔이 이어졌고, 창미는 요염한 표정으로 '라져' 하고는 다시금 신형을 돌렸다.

조폭들은 이제 숨은 곳에서 고개도 내밀지 않았다. 내미는 순간 미간이, 심장이, 손목이 날아간다. 진득한 죽음의 기운이 곳곳에 피어났다. 짙은 피 내음이 사방에서 올라왔다.

B급 영화의 학살극처럼 현실성이 전혀 없는 부산 시외의 저택이다. 하지만 이는 현실이다. 꿈이길 바라는 놈들이지만 안타깝게도 이 여자들은 악을 잡아먹는 괴물들이고, 그녀들을 뺀 이곳의 모든 생명체는 악에 물든 도사견들이다.

—대위님, 칠성회 간부 셋, 야쿠자 간부 셋 모두 잡았습니다.

통신으로 아직은 앳된 목소리가 들려왔다.

전간대대의 가장 어리고 마지막 기수이자 이제 겨우 스물여섯밖에 안 된 막내 고은설이다.

그러나 나이는 어려도 능력만큼은 확실했다. 안 그랬으면 전간대대에 들어오지도 못했을 테니 말이다.

어쨌든 여기에 온 이유의 반은 클리어했다는 소식이다.

—마무리하자.

두 여자가 동시에 '네'라고 대답하는 순간, 윤진아의 명령은 사형선고가 되었다. 이어서 십 분, 별장의 정원에 살아 숨 쉬는 생명체는 모두 여인이었다.

지상 5층, 지하 2층으로 지어진 저택에는 아직 잔당이 꽤나 있었지만 그들까지 싹 정리하는 데 걸린 시간은 겨우 삼십 분 남짓이었다. 그리고 잡은 간부들을 끌고 지하로 내려갔다. 저택의 지하는 개판이었다.

누가 악마의 도사견 아니랄까 봐 지옥과 흡사한 장소를 만들어두고 있었다. 상상하는 모든 안 좋은 것이 이곳에 몰려 있었다.

이성이라고는 눈을 씻고 찾아봐도 보이지 않는 여성들. 윤락 여성? 아마도 아닐 것이다. 마음만 먹으면 윤락 여성을 품는 거야 쉬운 조폭 새끼들이 굳이 이곳에 그런 업종에서 일하는 여성들을 잡아 가두고 개처럼 사육하고 있진 않을 것이다. 1층 전체가 그랬다. 열 개의 방이 전부 그런 악의 가득한 용도로 사용되고 있었다.

하지만 안으로 들어선 윤진아를 포함한 전간대대의 일행은 아무도 놀라지 않았다. 분노한 모습을 얼핏 보였지만 다시 금방 거두어들였다.

전쟁터.

아프칸, 이라크, 레바논 등등 전쟁이 있던 곳은, 특히나 치열한 전장일수록 전간대대는 항상 그곳에 있었다. 그래서 더욱 많은 걸 봐왔다.

아프리카만 해도 정말 말도 못 한다. 어린아이나 여인들의 몸에 폭탄을 감고 자살 공격을 감행시키기도 했다. 이 정도면 양반이다. 왜냐고? 살아 있잖은가. 전 간대대의 절대 수칙이 어떤 수치를 겪더라도 살아서 돌아오라이다. 목숨보다 더 중요한 것은 없다는 것이 그들의 아버지인 김갑수 소장이 가장 중요하게 시킨 교육이다.

하지만 말이다.

"그건 그거고."

한지원이 스윽 고개를 돌려 잡아온 간부 한 놈을 바라봤다. 하얗게 질려 덜덜 떠는 모습이 보였다. 조폭이 이렇게 담이 작을까? 이런 의문이 들 정도로 지원이 돌아본 놈은 형편없었다.

하지만 놈은 전부 봤다.

운이 아주 좋게도 저격부터 시작해 침투, 지원과 창미가 조폭들을 학살하는 걸 창문을 통해 전부 봤다. 그렇기 때문이다. 그의 눈에는 지금 눈앞에 여인들이 그냥 괴물, 낫 든 사신으로밖에 보이질 않는 것이다.

놈과 시선이 마주치자 급히 고개를 숙이는 걸 보고 지원은 그냥 피식 웃었다.

"겁나?"

"으, 으으……."

벌벌 떠는 게 비 맞은 개새끼처럼 보인다.

철컥.

지원은 다시 권총에 장전을 하고 놈의 미간에 겨눴다. 저런 놈을 가지고 노는 취미는 지원에게 없었다.

타앙!

퍽!

피 분수가 훅 솟구치고, 동시에 뒷머리를 누가 잡아당긴 것처럼 놈의 고개가 꺾이며 뒤로 쓰러졌다. 고은설을 포함한 후임 대원들이 철장을 끊어 잡혀 있던 여인들을 구하는 동안 윤진아는 구조를 냉정하게 살폈다.

"흐응."

창미가 요염한 미소를 베어 물고 잡아온 간부들의 뒤통수를 툭툭 쳤다. 그러자 흠칫흠칫 떠는 게 보였고, 창미는 그럴수록 더욱더 간드러지는 표정과 몸짓으로 건드렸다. 꼴에 남자라고 이런 상황에서도 반응이 오는 놈이 있었다.

"와, 섰다, 섰어! 봤지? 언니 아직 안 죽었어!"

브이 자를 그리며 지원을 향해 말하는 창미는 말로 설명하기 어려운 슬픔이 느껴졌다. 전쟁의 피해자, 혹독하고 지독한 고문을 참은 자에게 나타나는 PTSD(Post Traumatic Stress Disorder).

흔히 외상 후 스트레스 장애라고 부르는 정신병이다.

창미는 전형적인 PTSD 환자였다. 다만 그동안 받아온 초인적인 훈련으로 인해 더 이상 위험한 상황을 만들지는 않지만, 이렇게 폐쇄적이고 피가 홍건한 장소에만 오면 저렇게 발병한다.

지원은 당시 창미를 구했을 때를 회상하려다가 바로 접었다.

그야말로 처참 그 자체라 할 수 있었다. 대대에서 집중 치료만 삼 년 정도 걸렸을 정도이다. 그래서 지원이 보기에 지금의 창미는 좀 위험한 상태였다.

"언니, 나가 있어야겠어."

"응? 왜? 이제 한참 재밌는데!"

"재미로 온 건 아니잖아?"

지원의 말에 창미의 눈꼬리가 가늘어졌다.

"너, 이를 거지?"

"언니가 안 나가면."

"치사해!"

발끈한 창미가 성큼성큼 지원에게 다가왔다. 그런데 묶여 있던 놈이 작게 '시발, 진짜 미친년들한테 걸렸네' 하고 일본어로 지껄였다. 하지만 창미도, 지원도 일본어는 할 줄 안다. 심한 사투리도 알아들을 수는 있는 둘이다. 우뚝 멈춘 창미의 고개가 고장 난 기계처럼 삐걱거리며 돌아갔다.

"뭐라 했니?"

그러자 곧바로 고개를 숙이는 간부에게 성큼성큼 걸어간 창미가 그대로 공 차듯 서커 킥을 날렸다.

빡!

우드득!

턱 아래에 제대로 꽂힌 발끝이 놈의 고개를 그대로 뒤로 젖혀 버렸다. 뒤이어 들린 소리는 분명 목이 분질러지는 소리였다. 뒤로 쓰러져 꿈틀거리더니 이내 축 늘어지는 걸 보니 저것도 즉사다.

"씨, 미친년 기분 나쁘게 미친년이라고 욕을 왜 해? 흥!"

그러더니 다시 지원을 보고 두 손을 들어 올렸다.

"이제 나가 있을게."

지원이 답 대신 고개를 끄덕이자 창미가 지원을 스쳐 지나갔다. 지원은 그 순간 봤다. 살짝 가라앉은 눈빛과 깨물 듯 말 듯 입술을 물고 있는 이빨을. 아마 마지막쯤에 다시 자각한 것 같았다.

자신이 정신 상태가 정상이 아니라는 걸. 그래도 다행이었다. 저렇게 알아차려서.

창미가 계단을 통해 나가자 때마침 윤진아가 대원들을 이끌고 지하에서 올라왔다. 확실한 일 처리를 위해 직접 내려가 폭탄을 설치하고 온 윤진아이다.

"창미는?"

"올려 보냈어요."

작전이 마무리 단계라 서로 편하게 말을 하는 둘. 정체가 밝혀질까 하는 걱정 따위는 안 하는 둘이다. 어차피 이 목소리를 듣는 놈들은 여기서 전부 파묻힐 테니 말이다.

"또 그래?"

"네, 초기 증상이지만 혹시 몰라서요."

"흠, 잘했어."

고개를 주억거리며 대답해 준 윤진아가 남은 넷을 바라봤다. 둘은 이미 죽어 나자빠졌지만 윤진아는 신경도 안 썼다. 창미보다도 훨씬 위압적인 걸음으로 다가간 진아가 넷 앞에 쪼그리고 앉았다. 긴 코트가 사락 바닥을 쓸면서 벌어졌고, 그 안에 매달린 권총과 나이프가 서늘한 빛을 뿜어냈다.

차마고도 위의 호수보다 차가운 눈빛이 진아의 두 동공에 자리 잡았다. 창미나 지원과는 전혀 다른 종류의 위압감이 있었다. 그런 그녀가 속주머니를 뒤져 담배를 꺼내 입에 물었다. 지원이 얼른 다가가 불을 붙였다.

찰칵.

"후우."

전혀 어울리지 않는 딸기 향이 사르르 짙은 혈향 속에 스며들었다.

"듣고 싶은 게 있는데, 누구든 성실히만 말해주면 조용히 보내주지."

그 말에 동시에 네 개의 침묵이 생겨났다.

피식.

어쩜 웃는 게 전부 비스무리하다.

"입이 네 개나 있으니까 하나쯤은 없어져도 괜찮겠지. 설아."

"네!"

막내 고은설이 뒤에 서 있다 후다닥 달려왔다. 당당한 표정. 겁이나 흥분한 기색은 얼굴에서 찾아볼 수가 없었다. 어려도 전간대대의 어엿한 일원이었다.

"하나 가져가서 조져. 최대한 숨 붙여가면서."

"네!"

고은설의 시선이 넷을 순식간에 쭉 훑었다.

우쭈쭈 해줘도 좋을 귀여운 막내가 이럴 때는 또 뱀 같은 차가운 빛을 뿜어냈다. 지원은 그런 고은설을 잠깐 보다가 윤진아를 향해 말했다.

"먼저 복귀해도 될까요?"

"음, 그래. 보고는 내가 할 테니까 가서 쉬어."

"네, 감사합니다."

지원은 익숙한 동작으로 경례를 한 후 지하를 빠져나왔다. 새벽은 아직 가질 않았다. 밖으로 나오자 피가 흥건한 정원의 한 바위에 앉아 담배를 피우고 있는 창미의 모습이 보였다. 지원도 그 옆으로 가 앉아 담배를 꺼내 물었다.

"불 줘?"

"응."

찰칵.

치이익.

지하와 마찬가지로 짙은 혈향 속에 이번엔 매캐한 담배 향이 스며들어 갔다. 후각을 자극하는 지독한 혈향이라 그런지 담배 냄새는 완전히 묻혔다.

"지원아."

"응."

"언니, 치료 더 받을까?"

정신병이 있는 사람들은 보통 자신의 병을 자각하기 힘들다고 한다. 정말 심한 사람들은 문제가 있음을 알지만, 그런 사람들도 치료를 받고 나면 자신이 정상인 줄 안다. 그런데 창미는 자신의 상태를 정확히 자각하고 있었다. 자신의 육체에,

정신에 대한 확실한 판단. 요원이라면 반드시 갖춰야 할 능력이었다. 그런 그녀가 지금 자신이 위험함을 알고 있다. 지원은 문득 그가 보고 싶어졌다.

태어나서 처음으로 사랑이란 감정을 알게 해주고, 그 사랑에 몸서리치게 해준 사람. 깊게 빠지고 빠져 그녀에게 거의 모든 것이 되었던 사람. 그렇지만 자신에게 현실의 옆자리만 허용할 뿐 마음속에 자리를 허용하지 않은 그 사람.

그 사람도 그랬다.

정신 분열과 창미보다 더욱 심한 PTSD를 앓고 있었다. 그가 사랑하던 여인의 죽음이 그를 그렇게 만들었다.

모든 악에 대한 맹렬한 분노.

그 분노가 그를 살인 기계로 만들었고, 그가 피에 젖은 길을 걷게 만들었다. 그리고 종내에는 그를 앗아갔다.

"그 사람 생각하니?"

"응."

창미의 말에 지원은 솔직하게 대답했다. 그 사람, 웃기지만 그의 대외적 신분 때문에 한때 대한민국이 열광한 그 사람을 생각했다고.

"찾을 수 있을 거야. 대령님이 지금 최선을 다해 찾고 있다고 했으니까."

"알아. 언젠가는 찾을 수 있겠지."

죽었다는 선택지도 있다.

하지만 마지막 그 광경이 너무 애매하게 끝나서 지원은 포기할 수가 없었다.

높이 50미터의 절벽에서 그가 떨어졌다. 아니, 50미터면 절벽이라 할 수 있을까?

어쨌든 그 정도 거리에서 총상과 검상을 입고 떨어졌다. 그가 그렇게 죽여 버리고 싶던 복수의 대상과 함께.

그때가 지원이, 전투간호사 대대가, 그리고 그와 그의 적이 벌인 전쟁의 마지막 장면이었다.

하지만 그가 아는 그는 굉장히 강한 사람이었다. 고작 검상과 총상 하나 입고 그 정도 높이에서 떨어졌다고 죽을 사람이 아니었다.

"절대로……."

"응?"

"언니, 몇백 번이나 물어봐서 미안한데, 그 사람이 그 정도 높이에서 그 정도 부상을 입고 떨어졌다고 죽었을까?"

"아니, 절대."

담배 연기를 내뿜은 창미는 이내 다 피운 꽁초를 내던지고 다시 하나를 꺼내 물었다.

치익.

이번엔 지원이 불을 붙여줬다.

"아, 너무 센치해졌다."

"그러게. 난 먼저 돌아간다고 진아 언니한테 말했어. 언니는?"

"나도 갈래. 오랜만에 한잔 콜?"

"콜."

"한 사람 뻗을 때까지다?"

"그것도 콜."

사람을 죽이고 나면, 오늘처럼 학살을 벌이고 나면 자연스레 술이 당겼다. 그것도 못 참을 정도로.

어쩌면 당연한 일일 수도 있다. 음주는 정신병에서 도망칠 수 있는 훌륭한 도피처였다.

터덜터덜 시체의 산과 피의 강을 걷는 두 여인.

어울리지 않아야 정상인데 이상하게도 B급 영화의 한 컷처럼 잘 어울렸다. 하지만 실제 현실 속에서 벌어진 일이다. 그리고 오늘 일은 아마 극소수만 알게 될 것이며, 대다수의 대중은 모르는 일이 될 것이다.

지원이 사는 세상.

이쪽 세상은 뭐랄까, 좀 서글픈 세상이었다.

episode 30

예고된 기습

만월의 밤 이후는 순조로웠다. 그렇게 몰아치던 비바람도 이젠 물러가고 좀 쌀쌀하지만 해는 쨍쨍하게 떠 있었다. 다만 길이 질퍽해 걷는 게 좀 힘들긴 하지만 그래도 이 정도는 전에 비하면 비단길이다.

그렇게 이틀째, 드디어 나레스 협곡의 초입에 도착했다. 휴게소? 쉼터? 나름 있을 건 다 있는 쉼터에서 일단 하루를 쉬기로 했다. 그리고 저녁에 간부라 할 수 있는 이들이 모였다.

요청자는 의외로 마리아 왕녀.

그래서 다들 군말 없이 모였다.

수수함의 극치를 보여준다고 해도 마리아 왕녀. 왕가의 딸이니 말이다.

"이곳까지 고생하셨어요."

모아놓고 한다는 말이 고생을 치하하는 것이었으나 이게 본 용건이라 생각하는 사람은 아무도 없었다. 휘린이 적당히 받고, 잠시 시간이 지나자 마리아 왕녀가 용건을 꺼내 들었다.

"아마 이곳이… 왕도를 가는 길에 있을 마지막 위협일 거예요."

"음, 기습이 있을 거라는 말씀인가요?"

휘린이 조심스럽게 묻자 그녀는 고개만 끄덕여 답했다.

석영은 잠시 생각해 봤다. 나레스 협곡은 그렇게 험지는 아니다. 정상으로 올라가는 길은 사방이 트여 있고 잘 닦여 있기까지 했다.

하지만 협곡을 잇는 다리.

여긴 위험했다.

다리 끝에서 폭파라도 하면 답이 안 나온다. 물론 그 이전에 먼저 선발대가 건너가고 후발대가 남아 지키긴 하겠지만, 원거리 형태의 무기가 있다면 정말 난감해진다.

"제가 지금 왕도로 가는 건 국왕의 위를 승계하러 가는 것이에요."

'허?'

부지불식간에 나온 신음을 참지 못한 사람이 생겨날 정도로 이번 말은 충격적이었다. 왜 기한이 정해져 있나 했다.

"그리고 프란 왕국에는 제가 승계를 받아 여왕이 되는 걸 막고 싶은 세력이 분명히 존재해요. 그런 그들이 왕도로 가기 전 저를 죽일 수 있는 마지막 장소가 아마 이곳이 될 거예요. 협곡을 넘으면 저를 호위할 병력이 마중 나올 테니까요."

"그 병력을 이곳으로 먼저 넘어오라고 할 수는 없나요?"

이번엔 문호정의 질문이었다.

그녀의 질문에 마리아 왕녀가 힘없이 웃으며 대답했다.

"그러고 싶죠. 하지만 그럴 수 없어요."

"왜죠?"

"미안해요. 그건 말해줄 수가 없어요."

어떤 사정이 있다는 소리이다.

'왕녀가 말 못 할 사정이라……'

골 때린다.

이 정도면 거의 나라 판이 엉망으로 돌아가는 거랑 다름이 없다. 하지만 왕가의 사정을 깊이 알아서 좋을 것도 없다고 석영은 판단했다. 자신은 그냥 부탁받은 것만, 퀘스트만 수행하면 그만이었다.

"반드레이 공작가, 이번 기습의 주체가 거깁니까?"

"아마도요. 그리고 이번엔 분명히… 준비를 단단히 했을 거예요."

"흐음."

준비를 단단히 했다.

석영은 잠깐 겪었지만 마리아 왕녀가 없는 말을 할 사람은 아니라고 생각했다. 현실을 보는 눈이 제법인 여자. 현실적인 사람이다.

그렇다면 지금 그녀의 말은 그때, 라블레스가를 기습했을 때보다 더욱 많은 병력이 올 거라는 소리로 이어질 것이다. 그러니 석영의 입장에서는 굉장히 별로인 말이기도 했다.

"반드레이 공작? 그 사람의 수하들은 강한가요?"

이어지는 차샤의 질문.

"대외적으로는 정예 사병을 상당히 보유한 정도예요. 하지만 분명히 숨겨놓은 힘이 있을 거고, 이런 떳떳치 못한 일이니 그 힘을 전부 풀 거라고 예상하고 있어요."

"하긴, 공작가라면 숨겨놓은 힘 정도야 있겠지요. 으음, 이걸 어쩌나?"

하면서 석영을 보는 차샤.

이건 선택권을 석영에게 던진다는 뜻이다.

이 상황에서 결정해야 할 건 둘 중 하나였다.

'강행이냐, 아니면 대기냐.'

그냥 돌파하든가, 아니면 좀 기다리면서 정보도 모으고 신중을 가해 움직이든가. 어느 것 하나 쉽게 결정할 수가 없다.

마리아 왕녀가 왕도에 도착해야 할 기간은 분명히 정해져 있었다. 그러니 여기서 며칠이든 묵는 건 안 될 일이었다. 한 달하고 일주일을 좀 더 남겨둔 시점에서 출발했으니 아직 여유는 있다. 하지만 기다렸다가 건넜는데 아무 일 없으면? 그러다가 갑자기 뭔 일이라도 생기면?

'서브 퀘스트는 실패. 근데 퀘스트만 실패하면 상관없는데…….'

페널티가 문제였다.

리얼 라니아, 이제는 신세계라 부르는 이 세상은 결코 정이 넘쳐나지 않는다. 분명히 퀘스트를 실패하면 아직은 알 수 없는, 알고 싶지도 않은 페널티란 놈이 자신을 찾아올 것이다.

그리고 이 페널티는 분명히 엄청난 악영향을 자신에게 끼칠 거라고 석영은 생각했다. 그러니 기다리는 것도 장단점이 있었고, 그냥 밀어붙이는 것도 장단점이 있었다.

'뭐가 얼마나 나올 줄 알고.'

적은 분명히 있다고 하는데, 그 수와 수준, 위치를 모른다. 이건 이런 쪽으로 부족한 석영이 생각하기에도 최악의 조건이었다.

말했듯이 다리를 건너는 와중에 원거리 폭발 무기라도 날아오면? 그땐 정말 답이 없다.

나레스 협곡 아래로는 꽤나 깊다. 못해도 몇백은 훌쩍 넘는다. 이런 높이에서 떨어지면 제아무리 석영이라도 살아남을 수 없었다.

'그 여자는 살 수 있을까?'

한지원이라면?

그러나 석영은 고개를 저었다. 힐끔 본 그곳의 높이는 무방비로 떨어지면 정말 살아날 수 없는 높이였다.

어쨌든 이런 상태이다. 그런데 차샤가 선택권을 넘겼다. 석영에게 던져주고 마음이 홀가분한지 작게 미소까지 짓고 있는 걸 보자 욱하고 속에서부터 뭔가가 올라왔지만 석영은 용케도 잘 참아 넘겼다.

차샤가 그런 권한을 넘겨 버리는 바람에 모두의 시선이 석영에게 달라붙었다. 석영은 그중에서 휘린의 불안한 시선이 가장 눈에 들어왔다. 그녀도 이번 상행에 사활을 걸었다. 석영이 준 기회. 그 기회를 살리느냐, 죽이느냐가 이번 상행에 결정되니 불안하기도 할 것이다.

'그녀가 메인이지.'

메인 퀘스트는 분명 라블레스가다.

그러니 석영은 신중해야 할 필요가 있다고 생각했다.

"이틀, 이틀만 이곳에서 머물며 정보를 모아보겠습니다."

"이틀… 그 정도면 저도 괜찮아요."

마리아 왕녀가 석영의 말을 받으며 일정은 결정됐다.

이후의 회의는 별다른 내용이 없었다. 노엘의 주도로 각자가 할 일이 결정됐다. 다만 석영이 할 일은 없었다. 이 무리에서 최강의 무력을 가진 건 석영이다. 만약을 대비해 석영은 이곳에서 대기였다. 그래도 그게 임무라면 임무라 할 수 있긴 하겠다.

한 시간에 걸쳐 회의를 끝내고 자리를 파하는 순간 석영은 답답한 이 공간에서 벗어났다. 나가면서 참 이런 건 자신에게 어울리지 않다는 생각을 다시 한번 했다.

답답한 마음 때문에 옥상으로 올라왔다. 옥상엔 이미 선객이 많았다. 물론 대부분이 발키리 용병단과 치안대의 사람들이었다.

석영이 올라오자 가볍게 눈인사를 하고는 자리를 피해줘서 괜히 올라왔나 했지만, 석영은 그냥 빈 의자에 앉았다. 누가 협곡 아래 아니랄까 봐 제법 쌀쌀한 바람이 불었다. 하지만 그게 좋았다.

잠시 바람을 만끽하려 하는데 휘린이 용케도 찾아와 옆자리에 앉았다. 힐끔 그녀를 본 석영은 그냥 눈을 감고 의자에 몸을 맡겼다.

지금 당장 머리가 돌아가지도 않는다. 그래서 대화는 피곤하다. 그냥 내려가면 되겠지만 그랬다간 휘린에게 예의가 아닌지라 석영은 잠자코 바람을 느꼈다.

속으로는 그냥 말 걸지 말아주길 빌면서. 하지만 처음에는 들어주는가 싶더니 십 분 뒤 휘린은 그 바람을 들어주지 않았다.

"이번 상행, 괜찮을까요?"

"모르겠어. 적이 있다는 걸 알지만… 규모도, 수준도 모르는 상황이니까."

"협곡에 들어가면 공격해 올까요, 그럼?"

"아마도 그렇겠지. 퇴로를 차단해야 할 테니까."

만약 지금 공격해 온다면?

수준이 낮다면 그냥 물리치면 되고, 도저히 안 되겠다면 당연히 도주를 택할 것이다. 그럼 석영은 어떻게든 길을 만들어서 옆에 있는 휘린과 마리아 왕녀를 피신시켜야 한다. 그런데 그걸 적들도 알고 있을 테니 마리아 왕녀가 나레스 협곡으로 올라서길 바랄 것이다. 그래야 후미를 막아 퇴로 차단이 가능해지니까.

"돌아갈 수는 없겠죠?"

석영은 휘린의 말에 대화를 시작한 후 처음으로 그녀의 얼굴을 바라봤다. 반대로 그녀는 의자에 몸을 맡기고 바닥을 바라보고 있었다.

"너무 제 욕심이 큰 걸까요?"

이번 휘린의 말에서 석영은 휘린이 현재 상황을 벅차함을 알 수 있었다. 그런데 그럴 만도 하다. 원래는 평범한 상행이 되어야 하는데 판이 너무 커져 버렸다. 마리아 왕녀가 끼더니 치안대에 갑자기 석영의 라니아 동료까지. 담담하게 여태껏 버텨왔지만 그녀도 아는 것이다.

이번에 만약 일이 터지면 분명히 죽는 사람이 나올 거라는 걸.

딱 봐도 휘린은 피를 좋아하는 성격이 아니었다. 오히려 그 반대이다. 정말 필요한 상황이 아니라면 웬만하면 분쟁은 피하는 걸 제일로 여기는 성격이다.

“포기하고 싶어?”

“지금은요. 하지만 이 기회를 놓치면 라블레스가는 영영 끝이라는 걸 아니까 그것도 쉽지 않네요. 그리고 제가 너무 상행을 만만하게 생각했나 봐요. 체력적으로 이렇게 힘든 적이 없었는데.”

그녀는 마차를 타고 이동했다.

그래도 체력 소모야 있겠지만 진짜는 정신적으로 힘겨워하는 것 같았다. 석영은 자신의 퀘스트를 위해서라면 지금 이 순간 휘린을 다독여야 한다는 걸 알았지만 그러지 않기로 했다.

NPC가 아닌 인간.

인간적으로 힘들어하는 여자다.

자신이 아무리 이기적인 인간이라고 해도 그동안 함께하며 정이 든 휘린을 벼랑으로 내몰고 싶지는 않았다.

“어떡할까요? 너무 고민돼요.”

“후우.”

하지만 그 와중에도 휘린을 적당히 구슬려서 끝까지 가자는 악마의 속삭임이 내면에서부터 들려왔다. 석영은 한숨과 함께 고개를 몇 번이나 휘저었다. 그래도 바람이 시원하게 불어 다행이었다.

“하고 싶은 대로 해. 나는…….”

“나는?”

"너의 선택을 존중할게."

석영은 거기까지만 말하고 자리에서 일어났다. 이제부터 휘린은 혼자 고민해야 할 것이다. 그리고 자신이 아까 그런 것처럼 결정을 내려야 한다. 또한 그 선택에 따른 책임도 본인이 전부 져야 한다. 분명 한쪽의 선택에서는 후회라는 감정을 진하게 느낄 것이다. 석영은 그 전부가 휘린이 성장하는 데 어떤 식으로든 도움이 될 거라고 생각했다.

'이겨내라. 너한테 주는 기회는… 이게 마지막이 될 것 같으니까.'

만약 여기서 휘린이 이겨내지 못한다면? 이건 석영도 결정 내리지 못했다. 그래서 부디 휘린이 마음을 바꾸지 않았으면 하는 바람을 안고 옥상을 내려갔다.

좌아아악!

며칠간 좀 잠잠하나 싶더니 또다시 비바람이 몰아치는 나레스 협곡.

"미치겠군."

석영은 출발 전날 새벽부터 쏟아지는 비를 보며 허탈함에 젖은 감상평을 흘려냈다. 어떻게 된 게 출발하는 날이 되니 마치 가지 말라는 것처럼 비가 어마무시하게 쏟아지고 있었다. 얼마나 많이 오냐 하면…….

"앞이 안 보이네, 앞이 안 보여. 하핫!"

옆에서 보던 차샤의 허탈한 말이 답이다.

정말로 앞이 안 보일 정도로 쏟아지고 있었다. 근데 정말 신기한 건 이렇게 비가 몰아치는데 바람은 한 점도 안 분다는 것이다. 현실적으로 말이 되질 않는 일이 눈앞에서 벌어지다 보니 어이가 없는 석영이다.

"갈 거야?"

차샤가 툭 물어온 말에.

"미쳤어?"

석영도 툭 되던져 줬다.

이건 절대로 움직일 만한 날씨가 아니었다. 바람만 안 불다 뿐이지, 정오가 조금 지난 시간인데도 사방이 어두컴컴했다.

이런 날 움직이는 건 정말로 미친 짓이다. 몬스터는 물론 반드레이가의 기습이 기다리고 있을 거라 예상되는 마당이기도 하다.

"가지 말라는 하늘의 계시라 생각하고 싶을 정도네. 이건 뭐……."

절레절레 고개를 저은 그녀는 다시 안으로 들어가며 '짐 풀어! 오늘 안 간다!' 하고 크게 소리친 다음 자신의 방으로 휘적휘적 걸어 올라갔다. 그다음 노엘이 다시 하루 간 이용료를 지불했고, 1층에 모여 있던 인원이 뿔뿔이 흩어졌다.

석영도 자신의 방으로 올라갔다.

짐을 대충 챙겨놓고 쉬고 있는데 문호정이 찾아왔다.

"잠깐 애기 되니?"

"네, 괜찮습니다."

"지난번 애기의 연장선이 될 텐데."

"음……."

그 애기라면 좀 거북하다.

송을 위해 라이칸을 처단한 다음 날 문호정이 석영에게 대화를 하자고 찾아왔다. 석문호까지 심각한 얼굴이어서 석영은 거절하지 못했고, 상당히 심도 있는 애기를 나눴다.

애기의 주제는 '정석영'이었고, 대화의 흐름은 정석영의 '정신' 상태를 바탕으로 흘렀다. 문호정은 석영을 그날 폭풍우 속에서 봤다. 그때 자신의 새빨간 '눈동자'를 분명히 확인했고, 라니아의 한 시스템을 떠올렸다고 했다.

'설마……'

석영은 부정하면서도 그 시스템을 떠올리며 고개를 저었다.

선행 수치.

그리고 악행 수치.

몬스터만 잡으면 선행 수치가 올라가며 아이디가 파랗게 변한다. 반대로 다른 플레이어나 NPC를 잡으면 악행 수치가 올라가 아이디가 빨갛게 변한다. 그런데 이건 게임상에서는 크게 중요한 게 아니었다.

하지만 리얼 라니아나 여기서는 좀 다르다는 게 문호정의 생각이었다.

"좀 달라진 건 없어?"

정신과 전문의는 아니지만, 취미가 있어서 정말 심도 있게 공부를 했다는 문호정이다. 그녀는 석영을 걱정했다. 악행 수치가 올라가 석영이 마음에도 악의 씨앗이 뿌려지고 그게 자라서 석영을 바꿔놓을까 봐 말이다.

"지금은, 음, 그냥 괜찮습니다."

친절, 걱정에서 나오는 문호정의 선의 때문에 석영은 잠깐요 근래 일을 생각했다가 괜찮다고 대답했다.

거짓말이 아니라 실제로 크게 이상한 건 못 느꼈다. 그녀가 주의하라던 이유 모를 분노나 적개심 같은 감정이 솟구친 적은 한 번도 없었다.

"그래? 그럼 다행이고. 근데 누나가 말한 건 기억하지?"

"네, 전투 중일 때."

"그때가 가장 아드레날린이 폭발하면서 정상적인 정신을 유지하기 힘들 때야. 혹시 모를 폭주의 위험이 많다는 소리도 돼. 부부싸움 중 살인이 나는 건 보통 흥분 중에 넘지 말아야 할 선을 넘어버려서이고."

"그 정도는 압니다."

"아니까 더 조심해야 돼. 내가 설마……. 나는 안 그래. 이런 마음을 가졌던 사람들이 보통 그랬으니까."

문호정의 걱정 어린 말에 석영은 이번엔 그냥 말없이 고개만 끄덕였다. 기분 나빠서 침묵한 건 아니었다. 선의는 선의로 받아들일 줄 안다. 이번 침묵은 그냥 대답이 궁해서였다. 문호정이 자리에서 일어났다.

"그럼 조심하고, 혹시라도 이상하면 바로 누나 찾아와. 알았지?"

"네."

그녀가 나가고 석영은 창가로 가서 멍하니 떨어지는 비를 감상했다. 정말 아무 생각 없이 텅 빈 시선으로 폭포 줄기처럼 내리꽂히는 비를 바라봤다. 고막이 아프다는 생각이 잠깐 들었지만 이내 흩어졌다.

사실 문호정에게 제대로 말을 안 했다. 석영은 요즘 자신의 상태가 이상하다는 걸 느끼고 있었다. 근데 크게 이상한 건 아니고 잠깐 무기력증이 찾아오는 정도였다.

'지금처럼…….'

갑자기 사지에서 힘이 쭉 빠져나가면서 몸이 물 먹은 솜이 된 기분이 들 때가 있었다. 이러한 증상은 며칠 전 라이칸과의 전투 후부터 생겼다. 그런데도 말하지 않은 건 심각한 게 아니라는 생각 때문이었다.

그리고 아주 솔직히…….

'나른한 이 기분도 나쁘지 않고.'

문호정이 봤다면 강제로 석영의 의식을 끄집어냈을 것이다.

이건 정말 심리학적으로 좋은 상태가 아니었기 때문이다. 하지만 석영은 이 부분을 숨기고 있었다.

쏟아지는 비를 보던 석영은 문득 담배가 생각났다. 인벤토리에서 하나 꺼내 입에 물었다. 발화석으로 불을 붙이려는 찰나, 섬뜩한 감각이 등골을 쭉 스치고 지나갔다.

휙!

슈아아악!

터엉!

고개를 비틀며 창가에서 벽으로 돌아서는 순간, 화살 한 대가 비를 뚫고 들어와 벽에 박혔다.

'저격?'

식은땀이 송골송골 맺혀 등줄기를 타고 흘러내렸다. 나른함에 젖어 마지막 순간에야 느꼈다. 느끼지 못했다면? 목젖이나 이마에 화살을 박고 그대로 밑동이 잘린 고목처럼 뒤로 쓰러졌을 것이다.

살아났다는 안도가 뒤이어 들었다가 들불처럼 마음속 한구석에 숨어 있던 분노가 고개를 치켜들었다.

스윽.

타천 활을 꺼내 들었다.

석영은 이어서 갑주를 챙겨 입었다. 그러고는 벽에 몸을 숨기며 밖으로 나갔다. 일 층으로 내려오자 석영의 살벌한 모습에 시끌벅적하던 공간에 적막감이 사르르 앉았다. 아주 잠깐이지만 지금 석영의 기세는 진짜 살벌했다. 두 눈이 시뻘겋게 변한 건 물론이고 건드리면 목을 뜯어버리겠다는 살기가 그대로 드러나 있었다.

"무슨 일이야?"

"기습이다. 준비해."

"기습?"

"해."

"어어, 알았어."

차샤는 잠깐 얼떨떨해하다가 자신의 뺨을 확 때렸다. 그러고는 입술을 말아 올렸다. 확실히 차샤도 정상은 아니었다.

"야! 이 새끼들이 기다리기 지루해서 직접 찾아왔나 보다!"

주섬주섬.

그 외침에 발키리 용병단은 즉각 전투 준비를 시작했다. 노엘은 석영이 있고 치안대가 있음에도 그 자리에서 옷을 벗고 각자의 장비를 착용했다. 차샤가 석영의 앞에서 바지와 상의를 훌러덩 벗고 그녀 전용의 장비를 착용하며 물었다.

"수는?"

"확인 전."

"근데 어떻게 알았어?"

"저격수가 나를 노렸으니까."

"흐음, 미친놈이구만. 어쩌다가 '저격수'를 건드렸대?"

"근데 밖에 정찰 안 보내놨어?"

“이 비에 밖에 내보내면 몸 다 상해. 바람은 안 불어도 체온이 뚝뚝 떨어질 테니까. 그래서 육안으로만 안에서 확인하고 있었지. 방에서 당했어?”

“응, 창문으로 날아왔지.”

“그럼 뒤편이네. 뒤쪽도 세워뒀는데 숲이고 소리 때문에 알아차리지 못했군.”

분주한 움직임 때문인지 문호정이 고개를 빠끔히 내밀었다가 바로 돌아갔다. 그녀도 아마 사태를 파악했을 것이다.

스릉, 탁!

도를 잠깐 뺐다가 날을 확인하고 다시 집어넣는 차샤.

“끝! 수성전이지?”

“그럴 수밖에. 여긴 지형이 안 좋아. 혹시 조심해야 할 무기가…….”

콰앙!

퍼벅!

석영의 말이 끝나기도 전에 맹렬한 포성과 벽 한쪽이 그대로 터져 나갔다. 다행히 끝이 터져 나가 인명 피해는 없었지만 혼을 쏙 빼놓기에는 충분했다.

후두두 떨어지는 돌 조각을 보며 석영은 허탈한 웃음을 흘렸다.

“포가 있어?”

“미친 새끼들일세. 마력포까지 동원했어?”

"마력포……."

봤다.

여기에는 마법이란 게 있다. 물론 공격 마법은 거의 다 실전됐고, 생활 마법만 남아 있지만 인간은 언제나 그렇듯 진화한다. 마력을 담아 발출. 이 과정에 연산은 공격 마법이 아니었다. 생활 마법을 응용해 포를 만들어낸 것이다.

"그런데… 이게 프란 왕국에도 있었나?"

'산개!' 하고 외친 뒤 나온 차샤의 의문은 석영의 의문이기도 했다.

마력포. 이건 전쟁 무기이고, 이걸 만드는 곳은 딱 한 곳이다. 바로 마도 제국 알스테르담. 대폭발 이후 마력포와 마력총의 관리는 제국에서 가장 신경 쓰는 것 중 하나였고, 제조법은커녕 마력포가 하나라도 분실되면 제국 척후대가 대륙 끝까지 쫓아가 회수하거나 아예 파괴해 버린다. 그렇기 때문에 마력포, 마력총은 대륙 그 어느 왕국, 제국도 보유하고 있을 수 없었다.

"석영 오빠!"

휘린이 이 층에서 석영을 찾았다.

"내려와!"

"네!"

치안대원들이 급히 마리아 왕녀를 모시고 일 층으로 내려왔고, 휘린은 문호정과 석문호, 그리고 김 씨 삼 남매가 호위해

내려왔다. 마지막으로 헨리와 라울이 내려왔다. 그런데 그 순간 석영은 불길함을, 섬뜩한 감각을 다시 느꼈다.

"뛰어! 뛰어내려!"

흠칫!

석영의 외침을 들은 문호정이 멈칫했다가 그대로 난간에서 휘린을 안고 몸을 날렸다. 뒤이어 줄줄이 뛰었다.

콰웅!

거리가 굉장히 멀다.

그런데도 도달은 빨랐다.

쾅!

다행히 직격은 아니었고 삼 층 벽에 박혔다. 게다가 마력포라고 해서 살벌한 폭발이 있는 건 아니었다.

"저거 짭땡이네! 저런 건 몇 방 못 써!"

짭탱이란다.

하긴 마력포가 정말 포탄처럼 굉장한 폭발력을 가졌다면 다른 왕국이나 제국에서 가만있었을 리가 없다. 제국의 눈을 피해 빼돌리지 못한다면 아마 자체 생산을 하려 할 것이다.

프란 왕국도 마찬가지였다. 그리고 저게 아마 지금까지 연구의 결정체일 것이다.

차샤의 외침에 석영은 안심이 되는 한편, 이런 기습을 영화에서 참 많이 본 것 같은 기분이 들었다.

'포로 혼란을 일으키고, 그다음… 백병전?'

그렇다면 포격이 몇 번 더 있을 것이다.

벽만 때려댄다면 차라리 다행이다.

"밖으로 나가! 마차 끌고 한참 떨어져!"

밖에서 아리스와 노엘의 고성이 들렸다. 석영은 급히 문호정과 휘린에게 다가갔다.

"괜찮아? 괜찮아요, 누나?"

"오빠……."

휘린은 덜덜 떨고 있었다.

적어도 적이 노리는 의도가 휘린에겐 먹힌 것 같았다. 이해한다. 설마 포격전이 벌어질 줄은 그녀도 상상 못 했고 석영도 마찬가지다.

"여보! 여보!"

석문호가 문호정을 흔들었다.

그녀는 미약하게 신음을 흘렸고, 석문호는 입술을 질끈 깨물고는 그녀를 안아 밖으로 내달렸다. 석영도 휘린을 안았다.

"먼저 나가."

나가는 와중에 김선아의 말이 들려 석영이 돌아보자 씨익 웃고 있는 그녀를 볼 수 있었다.

"밥값은 해야지?"

"……."

"그리고… 기분도 더럽고."

씩 웃는 그녀를 보며 석영은 부지불식간에 떠올린 게 있었다.

"아아……."

잊고 있었다.

그녀도 버그 유저라는 걸.

* * *

반드레이의 양아들 카론은 마력포의 포격을 보면서도 인상을 잔뜩 찌푸리고 있었다.

"빌어먹을……."

씹어뱉듯 나온 그 말에는 짜증이 짙게 묻어 있었다.

원래는 지금 쏠 게 아니었다. 하지만 계획이 틀어졌고, 어쩔 수 없이 이걸 지금 사용해야만 하는 순간이 와버렸다. 그런데 하필이면 이 순간 포에 결함이 생겨 버린 것이다. 그것도 습기 때문에. 차샤가 말했듯이 카론이 가지고 온 마력포는 알스테르담에서 생산되는 정식 제품이 아니었다. 그건 애초에 유통도 불가능하고 제국의 철저한 비호 아래 운용된다.

그러는 만큼 위력 하나만큼은 끝내준다. 그건 대폭발 이후 제국이 쓴 전쟁 역사가 증명했다. 밀집 지역에 한 방 떨어지면 마력 폭발로 인해 최소 몇백이 찢겨 나간다. 대인간 병기이자 대공성 병기이도 한 게 마력포이다.

그러다 보니 그런 제국의 마력포를 탐내는 국가가 사방에 산재했다. 하지만 팔지 않았다. 제조법은 물론 단 한 대도 제국의 영토 내를 벗어나는 걸 엄격히 금했다. 그러니 어쩌겠는가. 위력은 증명됐지, 가지고는 싶지. 마법의 조합으로 만들어진 무기라는 건 알기에 각국에서 독자적으로 연구에 들어갔다.

프란 왕국도 마찬가지였다. 백 년에 걸친 연구 기간 동안 거의 비슷한 제품을 만들어내긴 했지만 역시 진품을 쫓아갈 순 없었다.

"터무니없을 정도군."

카론은 폭발도 일어나지 않는 포격을 보면서 허탈한 음성을 흘렸다. 알스테르담의 마력포는 타격 후 무시무시한 마력 폭발을 일으킨다. 그리고 그 폭발은 타격점 근방의 모든 걸 찢어발긴다.

그런데 지금 카론이 보고 있는 이 마력포는 그냥 때리기만 하고 끝났다. 폭발은 일어나지 않는다는 소리다. 그러다 보니 쉼터 건물의 외벽만 박살 날 뿐 안까지는 피해를 주지 못했다.

"몇 발 남았지?"

"이제 대당… 서너 발 정도입니다."

"큭."

폭발만 문제가 아니었다. 충전과 마력의 손실도 문제였다. 그리고 이게 지금 카론이 마력포를 사용할 수밖에 없는 이유였다.

진품 마력포는 마력 저장 회로에 깃든 마력 손실이 거의 없다. 10년간 방치해도 한 발 정도? 그런데 지금 이놈은 습기에 회로가 미쳐서 마력을 줄줄 흘리기 시작했다. 그래서 전부 새어 나가기 전에 써버리고 있었다.

"저렇게 약한 줄 알았다면 차라리 쓰지 말 걸 그랬어."

지금 카론은 후회했다.

제대로 갈기면 다 죽일 수 있을 거라고 말하던 아버지의 말이 생각났다. 그래서 원래는 협곡의 높은 지대까지 몬 다음 포격으로 싹 조질 생각이었다. 근데 이놈의 비가 모든 걸 망쳐 버렸다.

"듣던 것과는 위력이 너무 다르군요."

그때 옆에서 지켜보던 요상한 검은 복장의 사내의 말에 카론의 얼굴이 금세 펴졌다. 위험한 냄새를 진하게 풍기는 사내. 아버지가 보냈으며 믿고 의지해도 좋다는 서신까지 같이 보냈을 정도로 신임을 얻은 자. 그래서 지고 싶지 않은 모습이 저절로 튀어나왔다.

"조그만 결함이 생겨서 그렇소. 원래는 저것보다 훨씬 위력적인 무기요."

"그랬으면 좋았을 텐데 말입니다. 이제 어쩔 생각입니까?"

"준비한다던 용병단은 어떻게 됐소?"

"걱정 마십시오. 지금 포위망을 좁혀 오고 있으니까. 그쪽 기사단은 준비가 됐군요."

검은 복장, 아니, 양복을 입은 스미든이 선글라스를 슬쩍 내려 한쪽에 대기 중인 반드레이가의 비밀 기사단을 바라봤다. 확실히 겉으로 드러난 반드레이 기사단에 비하면 전혀 다른 기세였다.

빛과 어둠.

두 기사단을 비교하자면 딱 그 말이 어울렸다.

그리고 당연히 이들이 어둠이다.

칙칙한 죽음의 기운을 짙게 풍기는 자들. 스미든은 저런 냄새를 많이 맡아봤다. 요원 중에서도 정말 더러운 임무를 맡는 요원들이 따로 있다. 보통 요인 암살이 주를 이루는, 그렇기 때문에 죽음의 경계에 서 있는 요원들이 풍기는 냄새였다.

'이 세상도 정상은 아니군.'

"큭."

짧게 웃은 스미든은 다시 선글라스를 고쳐 썼다. 그러고는 다시 저 멀리 마력포가 한창 갈기고 있는 쉼터라는 곳을 망원경으로 바라봤다.

콰앙!

크긴 하지만 귀마개를 하지 않아도 될 정도의 소리다. 동시에 건물 외벽이 다시 터져 나갔다.

'옛날 포 같군. 통짜 쇠구슬을 날려 타격하는.'

그때는 최강의 무기였겠지만 지금 현재 지구에서는 원시 형태의 무기라 할 수 있었다. 하지만 스미든은 그래도 상관없었다. 자신이 고용한 용병과 기사단의 전력을 보니 확실하게 여기서 일을 마무리할 수 있을 것 같았기 때문이다.

'용병 일천에 비밀 기사단 이백이라……. 이걸로 정리 못 하면 나가죽어야지.'

적 병력이야 이미 충분히 파악했다.

수는 대략 백 정도이다.

겨우 백을 천이백으로 못 잡으면?

'그럴 일은 없지.'

스미든은 확신하고 있었다.

"마력포 중지!"

카론이 크게 외친 뒤 스미든을 바라보며 말했다.

"마무리하겠소."

"네, 그러십시오."

스미든은 짧게 대답한 뒤 현재 있는 곳보다 더 전망 좋은 곳을 찾아 움직였다. 뒤에서 카론이 기사단에게 뭐라 말하는 소리가 들렸지만 그건 그냥 무시했다. 어차피 출정 전에 연설이야 어디서든 하는 거니까. 그리고 그것도 좀 더 움직이자 빗소리에 먹혀 들리지 않게 됐다.

산악전이라 기마는 쓸 수가 없는 상황. 그래도 기사단은 기사단이다. 오와 열을 맞춰 내려가는 모습은 확실히 제대로 훈련 받고 실전을 경험한 티가 났다.

'어디서 실전을 겪었을까?'

스미든은 그게 궁금했다.

지구에서야 분쟁 지역이 있으니 그런 곳에서 충분히 경험할 수 있다. 하지만 이곳은 평화가 지속되는 곳이다. 아프리카나 중동처럼 분쟁이 번번이 일어나는 지역은 스미든이 조사한 바로는 없었다.

하지만 스미든은 오랜 경험으로 분쟁 지역이 없어도 실전 경험을 쌓는 방법을 잘 알고 있었다.

'여기나 지구나 사람 사는 곳은 비슷하구만.'

그렇게 생각하니 다시 한번 실소가 흘러나왔다.

자신은 이런 곳에서, 비슷하나 다른 이곳 휘드리아젤 대륙에 국가를 세울 생각이었다. 지금이야 아무것도 없지만 방법이 없는 건 아니다.

반드레이 공작에게 붙은 이유도 그 때문이다. 그의 신임을 얻고 점차 자신의 사람으로 잠식한 다음 종내에는 모든 걸 빼앗는 것. 여기에 동료이자 상관이라 할 수 있는 라이놀과 스미든은 사활을 걸었다.

열심히 달리고 달려서 마침내 이 자리까지 왔고, 조금만 더 그의 신임을 얻으면 슬슬 계획을 실행할 생각이다.

'후후.'

"자, 이제 축제를 즐……."

슈아아아!

퍼걱!

그의 렌즈를 통해 보이는 시선에 한 기사단원의 머리가 통째로 날아가는 게 잡혔다.

스미든은 지금 자신이 본 광경이 축제가 지옥으로 변하는 분기점이라는 것을 본능적으로 깨달았다.

*　　*　　*

이번엔 기다리지 않았다.

아니, 속속들이 들어오는 정보 때문에 기다릴 수 없었다.

요격(邀擊).

일천이 넘는 대병력이다.

솔직히 잘 믿겨지지는 않지만 발키리 용병단의 척후가 가져온 정보이니 아마 확실할 것이다.

상의? 그딴 걸 할 시간은 없었다. 일단은 저 산 위에서 내려오는 놈들을 막는 게 먼저라 판단한 석영은 정신을 차린 문호정에게만 알리고 요격에 나섰다.

위험하지 않겠냐고?

잡히면 어차피 죽는다.

저렇게 살기를 풀풀 풍기며 내려오는 놈들이, 그리고 왕녀 살해의 목적을 가진 놈들이 자신들을 살려둘 리가 없다고 생각한 석영이다.

그렇다면?

'결정이 나기까지 시간을 벌어야 해.'

어차피 퇴각으로 나겠지만 석영은 그 퇴각이란 결정이 나올 시간을 벌겠다는 마음으로 요격에 나섰다.

첫 발에 한 놈의 대가리를 날려 버리자 이놈들은 더욱 조심스러워졌다. 솔직히 바랐던 혼란은 일어나지 않았다.

'이놈들… 정예다.'

동료의 대가리가 날아갔는데도 눈 하나 깜빡하지 않고 접근을 시도하고 있는 놈들이 어중이떠중이일 리는 절대로 없었다.

투웅!

슈아아악!

퍽!

또 한 놈의 머리를 날려 버렸다. 폭우가 시야 확보를 방해하고 있지만 그래도 안 보이는 건 아니다. 석영에게는 추적 샷이 있었고, 타천 활과 추적 샷 스킬이 맞물리면 가히 사기급 위력을 선보인다. 잠깐이라도 상관없었다. 아주 잠깐이라도 석영에게 보여주기만 하면 된다.

그럼 하나는 확실히 골로 보낼 수 있었다.

'대체 몇이나 온 거지?'

수는 딱 봐도 백 이상이었다.

최초 이동을 시작할 때, 그때를 노리지 못한 게 석영은 아쉬웠다.

드드드득.

다시금 시위를 당겨놓고 날카롭게 세운 눈빛으로 사방을

경계하는 석영.

'날 저격했던 놈은 어디 있지? 그놈도 날 노리고 있나?'

불현듯 떠올린 생각에 석영은 등골이 서늘해졌지만 지금 당장은 저 병력이 내려오는 걸 더 조심해야 할 때였다.

석영은 석문호와 문호정을 믿었다.

그라면, 그녀라면 분명 알아서 지원을 잘해줄 거라고.

퉁!

퍼걱!

또 한 놈의 머리를 석영이 날렸을 때.

—석영아.

문호정의 통신이 들어왔다.

—대답하지 말고 듣기만 해. 퇴각하기로 결정났어. 내가 말해주는 순간 바로 빠져서 이쪽이랑 합류해.

역시.

석영이 고개를 끄덕이는 순간.

11시 방향.

두드드득!

시위를 다시 당기며 석영의 시선이 급히 돌아갔다. 한 놈이 굉장한 속도로 쇄도해 왔다. 하지만 석영의 위치는 잡지 못했는지 애먼 곳으로 내달렸다.

퉁!

퍽!

그림자 같은 새까만 빛줄기가 그대로 옆구리를 뚫고 들어가 정수리로 튀어나왔다. 그렇게 몇 놈이 죽자 이놈들이 움직임을 멈췄다. 아무리 둘러봐도 조용했다. 하긴, 목숨을 내놓지 않는 이상은 달려들지 못할 것이다.

—석영아.

문호정의 부름. 석영은 잠시 기다렸다.

—결정이 바뀌었어. 적이 지금 이 근방을 전부 포위 중인가 봐. 그리고 이번엔 위험할 것 같아. 그이가 선두에 서서 길을 연다는데 수가 만만치 않아.

석문호가 아무리 대단해도 사실 경험이 부족하다.

삐이익!

다른 귀로 신호가 들어왔다.

이건 차샤가 보낸 신호였다.

복귀하라는.

하지만 석영은 그럴 수 없었다.

괜찮을까?

문호정의 말과 동시에 여태껏 숨죽이고 있던 놈들이 다시 움직이기 시작했다. 방패를 앞으로 들고 슬금슬금 내려오는 놈들을 보며 석영은 문호정의 걱정이 피부로 스며들어 가슴에 확 와닿기 시작했다.

쉽지 않은 전투가 될 것이다.

어마어마한 인원 차이, 그리고 전력 차이. 한 번의 실수는 석영을 나락으로 떨어뜨릴 것이다.

투웅!

퍽!

한 발의 화살이 다시 머리를 뚫었다. 방패로 막는다고? 추적 샷은 석영의 의지대로 움직인다. 궤도가 막히면 비현실적인 선으로 꺾여 목줄을 물어뜯는다.

삐이익!

—석영아, 이제 돌아와!

차샤가 보내는 신호, 문호정의 외침.

석영은 둘 다 무시했다.

그리고 말없이 다시 시위를 당겼다.

episode 31

일방적인 혈전(血戰)

슈가악!

흠칫!

퍽!

또 하나 날아가는 수하의 머리를 보며 카론은 침을 꿀꺽 삼켰다.

아까부터 계속 수하의 머리가 날아갔다. 방패로 얼굴을 가려도 꾸물거리는 시꺼먼 화살은 말도 안 되는 궤적을 그리며 돌아 뒤통수든 관자놀이든 닥치는 대로 노리고 처박혔다.

'미친……!'

꿀꺽!

카론은 지금 꿈인가 싶었다.

초인(超人).

초인으로 의심되는 저격수가 있다는 소리는 분명히 전달받았다. 하지만 카론은 그래도 심혈을 기울여 키운 자신의 수하들이 저격수 하나를 못 잡을 리는 없다고 생각했다. 화살의 수는 정해져 있을 테고, 방패로 잘만 막으면서 포위망을 조이기만 하면 근거리에 약한 저격수 따위는 충분히 잡을 수 있을 거라 생각했다.

그러나 그게 얼마나 안일한 생각이었는지를 카론은 지금 절실히 깨닫고 있었다. 거의 순간의 각성처럼 갑작스럽고 거대하게 말이다.

'괴물…….'

카론이 보기에 저 정체를 알 수 없는 저격수는 괴물이었다. 카론은 운이 좋아 '초인'의 무력을 몇 번 눈으로 볼 기회가 있었다. 그들은 카론의 기준으로 괴물이었다. 자신감에 가득 차 있던 당시의 자신을 완전히 주눅 들게 했을 뿐만 아니라 일당백, 아니, 일인군단이 뭔지를 아주 잘 보여줬다.

같은 초인의 반열에 들지 못한다면 일대일로는 무조건 죽는다는 인식을 확실하게 심어줬다.

하지만 그때 은근히 생각한 게 있었다. 일대일은 무조건 진다. 일 대 십도 안 된다. 하지만 일 대 백이라면? 일 대 이백이라면? 승산이 충분히 있을 거라고 생각했다.

초인은 대자연의 기(氣)를 다루는 자들. 하지만 그 기라는 건 무한한 게 아니다. 그렇기 때문에 기가 떨어지면 그들의 무력은 범인의 경지로 돌아온다. 물론 기가 떨어진다고 해도 강하긴 엄청 강하겠지만 그래도 카론은 승산이 있다고 생각했다.

'그럼 칼날을 박아 넣을 수 있으니까.'

하지만 그는 전장의 설정, 전투의 전개, 이 부분을 간과했다. 처음에는 저런 공격이 무한정 가능하진 않을 거라고 생각했다. 그런데 지금 전투가 시작된 지 한 시간쯤 지나자 그런 생각은 조금도 할 수 없었다.

본격적인 전투를 시작하려 작정하고 열을 내려 보냈다. 그런데 1분도 안 돼서 다들 머리가 날아가 버렸다. 예의 그 시꺼먼 화살이 마치 의지라도 가진 것처럼 머리만 날려 버렸다. 그 이후 기사단의 뇌리에 공포가 심어졌다.

그 공포는 끝이 없는 심연에서 찾아온 공포였다. 저격수는 아직도 얼굴을 내비치고 있지 않았다.

더욱이 욱하고 나서면 무조건 대가리가 날아갔다. 정말 나오자마자 십 초도 안 되어 검은 화살이 대가리를 노리고 날아들었다. 피한다고? 눈으로 좇기도 힘든 속도로 날아드는 건 둘째 치고 살아 있는 것처럼, 의지를 가진 것처럼 움직였다. 그걸 대체 어떻게 피할 수 있겠는가.

'빌어먹을!'

카론은 설마 십 년이 넘게 심혈을 기울여 키운 기사단이 여기서 이렇게 허무하게 박살이 나리라곤 정말 상상도 못 했다.

이들은 정말 중한 곳에 쓰려고 키운 이들이다. 오죽하면 반드레이 공작가와의 연결고리도 끊어져 있을 정도이다. 카론을 빼면 실제로 이들은 자신의 소속 가문이 반드레이 공작가인지도 모른다. 그래서 이름도 붙이지 않고 그냥 비밀 기사단이라고 불렀다.

근데 그들이 그렇게 힘들게 키운, 거의 형제 자식 같은 놈들이 저렇게 처참하게 머리도 남겨놓지 못하고 픽픽 쓰러지고 있었다.

카론은 끓어오르는 분노를 겨우겨우 삼켰다.

공포? 카론은 공포에 좀 무감각했다. 예전에 다친 머리 때문일 거라고 예상했다. 하지만 공포만 잘 안 느껴질 뿐 다른 감각은 다 잘 느껴졌다.

'놈, 너도 사람이라면 반드시 지칠 거다. 그때 내가 반드시… 그 목을 따주마.'

으득!

이를 간 카론은 다시 한번 절대 움직이지 말라는 신호를 보내고는 나무 뒤에서 떨어지는 체력을 보충하려 육포를 꺼내 들었다. 질겅질겅 빗물과 같이 육포를 씹는 카론의 얼굴은 그야말로 악귀에 가까웠다.

이제야 불기 시작하는 바람이 처참함을 알리고 싶었는지 뭉클 피어오르는 피 냄새를 사방으로 흩뿌렸다. 그렇게 전투는 전혀 이상한 방향으로 흘러가기 시작했다.

* * *

이 모든 걸 지켜보던 스미든도 기가 막힌 심정이었다.

"하나가 이백을 포위해? 허, 허허허."

어이가 없어 허탈한 웃음을 흘러나왔다. 고지대에서 봤고, 종이 다른지 나무의 나뭇잎이 무성하지 않아 전투는 망원경을 사용하지 않고도 전부 볼 수 있었다. 작정하고 열 명 정도가 움직이기 시작하자 그걸 일 분도 안 되어 정리해 버리더니 역으로 카론이 이끄는 기사단을 포위했다.

모습이 드러나기만 해도 대가리가 날아가는, 그야말로 말도 안 되고 소름 끼치는 광경이 한 시간 가까이 벌어졌다. 그동안 스미든은 머리통이 날아간 시체를 육십 번 이상은 봤다고 생각했다.

"저격수, 이 정도였어?"

이건 숫제 괴물이다.

카론이 느낀 감정을 스미든도 똑같이 느꼈다. 보고 있는 것만으로도 전율이 느껴졌다. 그 전율 속에 공포도 섞였다. 처음 그 자신만만하던 감정은 모조리 날아갔다.

"저게… 말이 되나?"

스미든은 아무리 봐도 저게 현실 같지 않았다. 정보 세계에 살면서 그가 봐온 그 어떤 요원도 저자와는 비교할 수가 없었다. 스미든은 자신이 아는 상식을 모조리 갈아치워야 할 필요성을 느꼈다.

이곳이 지구가 아니라는 것을 너무 망각했다. 기사와 용병이 존재하고, 이들은 현실 속 군인을 가볍게 바를 수 있는 무력을 갖추고 있다.

"이건… 안 돼. 후퇴해야 돼."

용병 일천?

그가 용병 일천을 고용할 수 있던 건 수준이 높지 않은 것들을 고용할 수 있었기 때문이다. 까놓고 말해 어중이떠중이들만 모아서 포위망만 형성하는 게 애초에 목표였고, 실제는 이 비밀 기사단으로 철저하게 박살 내는 게 원 작전이었다. 저 정도 무력이면 용병들은 아무런 힘도 못 쓰고 발릴 게 분명했다.

게다가 그가 듣기로 발키리 용병단과 치안대원의 실력은 상중 상이다. 발키리 용병단은 팀워크가 최고이고 치안대는 말할 것도 없었다. 제대로 진만 치고 버티면 용병들로는 그들을 상대할 수 없었다.

스미든의 판단은 냉정하고 정확했다.

슈아아악!

퍽!

겁에 질려 도망치던 기사단의 머리가 또 날아갔다. 직시하고 있었음에도 정말 순식간에 수박처럼 머리가 터져 버렸다.

머리를 못 날려 한이 맺힌 것처럼 저격수는 확실하게 생명체를 죽일 수 있는 머리만 노렸다.

근데 그게 한 발도 빗나가질 않는다. 카론이, 비밀 기사단이 느끼는 공포의 근원이 바로 거기에 있었다.

백발백중.

쏘는 전부가 머리를 날려 버린다.

그러니 도망도, 전진도 완전히 막혀 버린 상태. 1인이 200이 넘는 인원을 포위해 버린 이 기가 막힌 상황.

스미든은 전율과 공포 속에서도 앞으로 전투가 어떻게 흘러갈지 흥미를 느끼기 시작했다. 이런 상황에서는 정말 가져서는 안 되는 호기심의 발동된 것이다. 정보 세계에 사는 자들에게는 금기나 다름없는 짓이지만 이건 어쩔 수 없었다. 봐야 나중을 대처할 수 있으니까. 그게 나름의 이유가 되기도 했다.

"보여줘. 더… 보여줘 보라고."

자세를 잔뜩 웅크린 스미든은 망원경을 다시 눈에 붙이고 전장에 집중하기 시작했다.

* * *

하지만 모두가 지금 괴물이라 생각하는 석영의 상태는 좋은 편이 아니었다. 두개골을 송곳으로 푹푹 찌르는 것 같은 통증이 아까부터 계속 석영을 괴롭히고 있었다.

'후우……'

정신력 탈진이 제대로 찾아온 것이다.

시야도 뿌옇게 변해 있었다. 하지만 석영은 그럴 때마다 입술을 깨물어 살을 뜯어 피를 마셔가며 버텼다. 여기서 자신이 무너지면, 아니, 무너지는 티를 조금이라도 낸다면 적은 분명 다시금 접근을 시도할 것이다.

접근전은 석영에게 굉장히 불리한 상황이다. 한지원이 있다면 이미 정리가 끝났겠지만 지금은 그녀가 없다.

'하다못해 아영이만 있었어도……'

이런 상황에 처하고 나니 아영이의 부재가 절실히 느껴졌다. 그리고 자신의 한계가 명확하게 느껴졌다. 원거리전은 확실히 자신이 있었다. 지금만 봐도 혼자서 저 많은 인원을 벌벌 떨게 만들고 있었다.

타천 활과 추적 샷은 그야말로 사기급의 위력을 절절하게 보여줬다. 하지만 근접전이 벌어진다면? 일단 경험 자체가 없다. 따라서 전투가 어떻게 진행될지 석영도 모른다는 소리다. 모른다는 것 자체가 한계였고, 그 한계에 좌절감이 찾아왔다. 하지만 그걸 석영은 금세 털어냈다.

좌절도 살아남았을 때나 할 수 있다는 걸 알기 때문이다. 그래서 석영은 악착같이 뒤져봤고, 걸리기만 하면 그냥 죽였다.

투우!

슈가아악!

퍽!

실수로 몸을 내보인 놈의 어깨를 그대로 날려 버리는 타천활.

우르릉! 콰앙!

이번엔 심판까지 터졌다.

놈이 있던 숨어 있던 나무가 그대로 재가 되며 흩날렸다. 무지막지한 심판의 위력은 안 그래도 덜덜 떨던 적의 뇌리에 강렬하게 박혔다. 심연에서 올라온 공포는 그 영역을 무시무시한 속도로 확장했고, 그 결과 사기는 떨어지다 못해 아예 바닥을 뚫고 들어가 버렸다. 한 명의 인간이 보여주기에는 정말 무지막지한 무력이었다.

저격수, 초인이라 예상은 했지만 이건 심해도 너무 심했다.

"으아아! 죽기 싫어! 죽기 싫다고!"

공포에 젖은 적이 지르는 비명.

이성이 마비되면서 살고 싶으면 절대로 해선 안 되는 행동을 하는 놈이 나타나기 시작했다. 하지만 석영한테는 정말 고마운 일이었다.

두드드득!

시위를 당기고.

소리가 들려온 나무를 노린 다음 손끝에 걸고 있던 시위를 놓았다.

투웅!

슈가아아악!

폭우를 뚫고 날아간 무형 화살이 그대로 나무를 관통했다. 석영의 목표는 그 뒤. 아무런 소리도 들리지 않았지만, 옆으로 허물어지는 시체를 보며 제대로 적중했음을 알 수 있었다.

"후우, 후우, 후우……."

하지만 석영의 상태도 말했듯이 점점 악화일로를 걷고 있었다. 이제는 송곳이 아니라 망치로 때리는 것 같았다. 그것도 못을 대놓고 말이다. 석영의 몸에서 피어나던 열기도 이제는 멈췄다.

그만큼 체력 소모와 정신력 소모가 엄청났다.

'버텨…….'

의식도 점차 몽롱해졌다.

주시하던 물체가 두 개로, 세 개로 분리될 정도로 의식이 오락가락하기 시작했다.

뚜득!

그래서 석영은 또 입술을 짓씹었다. 찌릿함을 넘어선 통증이 전신을 내달리고, 비릿한 피 맛이 혀끝에서부터 느껴지자 다시 정신이 조금은 돌아왔다.

"후우, 후우……."

석영은 그 와중에도 동료들의 안위가 걱정됐다.

부디 이쪽이 정리될 때까지 그쪽도 버텨줬으면 하는 염원을 담아 바람결에 흘려보냈다. 그리고 그 염원이 닿았는지 그쪽의 상황은 나쁘지 않았다.

차샤는 침을 꿀꺽 삼켰다.

눈앞에 빗속이지만 새까맣게 몰려들고 있는 적이 보였다.

"이야, 시꺼먼데? 대체 저게 몇이야?"

"확인 불가입니다."

차샤의 답을 바라지 않은 질문에 착실히 답해주는 노엘. 그녀는 홀딱 젖은 와중에도 꼿꼿함을 잃지 않았다.

"어라? 저기 저거 애꾸 아냐?"

"맞는 것 같습니다."

차샤는 거리는 멀지만 익숙한 체형과 무기를 발견했고, 그게 곧 자신과 은원이 깊은 용병단의 단장이라는 걸 알 수 있었다. 노마프라는 이름이 있지만 차샤는 그냥 애꾸라고 불렀다. 그의 한쪽 눈을 차샤가 직접 거뒀기 때문이다.

무수히 많은 용병단이 존재하는 만큼 이권을 위한 다툼은 치열할 수밖에 없었다. 그래서 그 다툼에서 밀린 용병단은 의뢰를 맡을 수 없고, 그건 곧 생계에 직격으로 피해를 준다.

애꾸가 이끄는 용병단도 그랬다. 먹고살 길이 막막해지자 산적으로 변장한 다음 상단을 공격했다. 처음 몇 번은 제대로 먹혔다.

하지만 그 행각도 차샤가 의뢰를 맡은 상단과 만나면서 박살이 났다. 산적치고는 훌륭한 무력, 그리고 제멋대로인 것 같지만 확실히 보이는 연계 공격 등 일반 산적이 아니었고, 차샤는 복면을 뒤집어쓰고 있던 노마프의 눈을 애꾸로 만들어 버리면서 전투를 끝내고 진상을 파악했다. 그럼에도 애꾸가 계속 활동하고 있는 이유는 차샤가 그래도 한 번은 눈감아줬기 때문이다.

"그랬더니 쌍놈이 저기에 있네?"

피식.

차샤는 역시 선행은 함부로 베푸는 게 아니라는 걸 다시 한 번 깨달았다. 그 선행이 이렇게 역으로 되돌아왔으니 말이다.

"저기 갈고리도 보입니다."

"헐, 갈고리?"

차샤는 노엘의 말에 그녀의 손가락을 따라 시선을 옮겼다. 그러자 확실히 갈고리가 보였다. 갈고리는 의수다. 저놈도 용병단장인데 발키리 용병단과 시비가 붙었다가 손목이 날아가 저렇게 의수를 끼고 있는 것이다.

"어머나, 저 아가도 오랜만에 보네. 후후."

손목을 날린 건 차샤도, 노엘도 아닌 아리스였다. 그녀의 도가 놈의 손목을 잘랐고, 대신 갈고리 의수를 달게 만들어줬다.

"입이 더러운 놈이었지, 아마? 고쳤을라나?"

"고치지 않았을까? 주둥이 잘못 털다가 의수 끼고 다니는데."

아리스가 그렇게 대답하기 무섭게 '야, 이 개 씨발 년아! 네 년 손목 받으러 왔다!' 하는 쩌렁쩌렁 울리는 욕설이 들렸다.

피식피식.

차샤와 아리스가 동시에 실소를 흘렸다.

이어 아리스가 어깨를 으쓱하더니 입을 다시 열었다.

"정정할게. 버릇 못 고쳤네."

"저건 모가지가 날아가도 못 고쳐."

차샤가 여유로운 답을 돌려줄 때, '물론 썅년들 가랑이 맛은 봐야겠지? 킬킬!' 하고 저속한 욕설이 다시금 들렸다.

아리스의 얼굴에 그 순간 화사한 미소가 피어올랐다.

"응, 그러네. 저 버릇 못 고칠 테니까 이번엔 모가지를 떼어 줘야겠다."

"그건 상황 봐서. 저쪽 쪽수가 너무 많아."

"나 혼자 갔다 오면 안 돼?"

아리스가 차샤를 간절한 표정으로 바라보며 묻자.

"안 됩니다."

답은 그녀 옆에 있던 노엘에게서 나왔다. 아주 단호하게 나온 대답이라 아리스의 표정이 울상이 됐다. 그걸 지켜보던 송이 한숨을 내쉬었다. 발키리를 이끄는 세 명의 대화는 정말로 현실성이 없었다. 일부러 긴장을 풀려고 하는 게 아닌, 진짜 원래 저런 성격들이다.

'간이 통짜 쇠로 만들어진 사람들도 아니고… 어떻게 저렇게 여유롭지?'

지금 송의 속마음은 그녀가 발키리의 단원이 되고 나서 그동안 몇 번이나 든 의문이고, 지금까지 풀리지 않는 의문이기도 했다.

솔직히 송은 지금 떨렸다. 천지를 내리치는 폭우도 저 어마어마한 인원수를 가려주지는 못했다. 거리는 대략 이백 정도. 북방 출신인 송에게는 정말 잘 보였다. 아주 새까맣다.

'이 정도면… 숨어 있는 놈들 포함해서 천은 되겠는데?'

송은 아주 정확하게 적 병력의 수치를 파악해 냈다. 그리고 정말 기가 막힌 타이밍에 노엘이 물어왔다.

"송."

"네?"

"몇 명 정도 될까요?"

"아, 그게……."

송은 갑자기 곤란한 감정이 들었다.

이 대화는 어차피 다 듣고 있는데, 적 병력의 수가 아군 사기에 영향을 미칠까 걱정스러운 마음이 들었기 때문이다. 하지만 노엘은 달랐다.

"몇 명이냐고 물었어요."

뒤도 돌아보지 않고 나온 질문은 정말로 사무적이었고, 저 앞에 벌 떼처럼 모인 적보다 송은 지금 노엘의 이 목소리가 더 무서웠다.

"처, 천 정도로 예상합니다."

"확실해요? 전방에는 육칠백 정도 되어 보이는데."

"분명… 주변에 더 있을 거예요. 그걸 생각하면 일천 정도 모이지 않았을까……."

"그렇군요. 알겠어요. 다들 들었나요?"

사기 진작은 차샤나 아리스, 그리고 노엘 셋 다 가능하다. 각자만의 스타일이 있지만 이 중에서 가장 확실한 건 노엘이다.

"천 정도랍니다. 우리가 지금… 백 조금 넘나요?"

조곤조곤하면서도 이상하게도 한기 서린 그녀의 말에 대답하는 발키리 단원은 없었다. 대신 굳었다. 아니, 굳었다기보다는 흠칫했다. 마치 오한이라도 느낀 것처럼.

"치안대원도 있고 저쪽에 믿을 만한 분들도 있고. 싸워볼 만하겠어요."

"……."

노엘은 무력과 전략을 동시에 짜는 만능 타입이다. 밸런스가 어느 한쪽으로 치우친 게 아닌, 고루 발달시킨 만능 타입. 성격이 살짝 흠이긴 하지만 노엘의 말은 발키리 용병단에게 거의 진리에 가까웠다.

"그런데 그것도 우리가 버텼을 때 얘기예요."

"아……."

차샤의 탄식이 이어졌다.

뒤에 나올 말을 대충 예상했기 때문이다.

"손발은 몇 번 못 맞춰봤지만, 우리가 앞에서 잘 버티면 후방 지원은 걱정하지 말아요. 알아서 해주실 테니까. 그러니까 버텨요. 못 버티면… 돌아가서 두 달간 합숙하겠어요."

"컥!"

"엄마야!"

합숙이라는 말에 차샤는 사레라도 들린 듯 컥컥거렸고, 아리스의 표정은 아까보다 훨씬 더 울상이 됐다.

대체 합숙이 뭐기에? 그냥 발키리 용병단의 극기 훈련이라 생각하면 이해가 쉬운데, 이게 정말 지옥 훈련 저리 가라이다. 여기서 몇 명이나 포기했을 정도로 악명 높은 훈련. 여성으로서 부족한 신체적 열세를 메우기 위한 정말 치열하고 어마무시하게 빡센 훈련이 바로 합숙이다.

그걸 논하니 발키리 용병단원 전체가 부르르 떨었다.

뒤이어 열기가 피어올랐다.

노엘은 한 번 말하면 절대 뒤바꾸는 법이 없는 여자였다. 언행일치의 표본이라 하면 이해가 갈 것이다. 그러니 저 말은 진짜 이기든 지든 잘못하면 그 지옥의 훈련을 해야 한다는 뜻이니 무조건 그 훈련만은 피하겠다는 열망이 피어올랐다.

"싫어. 그건 싫엉……."

코맹맹이 소리를 흘리더니 이제는 진득한 미소를 피워 올린 아리스나 차샤만 봐도 노엘의 무서움이 보였다.

물론 송도 마찬가지였다.

'정신 똑바로 차려, 송! 넌 할 수 있어! 아자!'

그런 마음가짐과 다부진 눈빛으로 전방을 노려봤다.

그런 발키리 용병단을 지켜보던 문호정은 실없는 웃음을 흘렸다. 석문호와 김 씨 삼 남매도 마찬가지였다.

"재밌는 사람들이네요, 진짜."

김선아의 말에 문호정이 고개를 주억거렸다. 지금 이 상황은 스케일이 큰 영화나 소설에서나 나올 법한 황당한 전개였다. 그런데 그 황당한 전개를 정면으로 마주한 동료들도 황당하긴 매한가지였다.

훈련이 얼마나 힘든지는 잘 모른다. 하지만 반응이 마치 열혈 만화에 나오는 모습들이다. 그걸 보며 좋다고 실실거릴 수는 없는 마당이다. 난생처음 보는 어마어마한 숫자의 적이 자신들의 목숨을 노리고 저렇게 모여서 살기를 날리고 있다. 정말 멘탈 보정이 없었으면 다리가 후들거리다 못해 털썩 주저앉고도 남았다. 그것도 벌써 한참 전에 말이다.

"우리도 준비해야겠지?"

"그래야겠지?"

석문호가 굳은 얼굴로 대답했고, 문호정은 그의 옆으로 가서 섰다.

"당신, 안 겁나?"

"글쎄… 빌어먹을 정신 보정 효과 때문에 겁은 안 나는데?"

"그치? 나도 그래. 우리 이상해졌다, 진짜."

문호정의 말에 석문호는 팔을 쭉 펼쳐 그녀를 안아 당겼다.

따뜻한 온기가 전해지자 아주 조금 남아 있던 불안감이 싹 가시는 걸 느낀 그녀는 곧 그의 팔을 풀고 다시 바로 섰다.

"그보다 석영이가 걱정이야. 혼자 뒷산을 막고 있는데."

"그놈이라면 걱정 마. 무언으로 호언장담하고 갔으니 반드시 지킬 거야."

"그치? 석영이가 한번 마음먹으면 또 독하게 마무리하잖아?"

"그럼, 그럼. 맹견 놈들 때만 해도 그랬지. 크크, 아주 온 필드를 뒤져 맹견만 보이면 싹 죽이고 다녔잖아."

"아, 맞다, 그때 난 석영이가 정말 제정신이 아닌 줄 알았어. 후후."

두 사람은 석영을 믿었다.

석영과 척을 진 맹견. 그 전쟁 때 석영은 정말 집요했다.

사실 필드를 다 뒤져가며 뒤치기를 한다는 건 생각보다 피곤한 일이다. 어디 있을지도 모르니 일단 감에 의지해 뒤지고 다녀야 하고, 허탕을 치는 경우도 허다하다. 그렇게 찾아도 제대로 뒤치기를 못할 때도 있다. 몹이 너무 몰려 있거나 준비하고 있는 경우에 그렇다.

하지만 그 모든 걸 감수하고도 석영은 정말 맹견이 백기를 들 때까지 모든 사냥을 접고 맹견만 잡고 다녔다. 당시 기록한 킬이 삼백 가까이 됐다.

그 와중에 석영도 몇 번 당했고 장비를 날린 적도 있었다. 다행히 타천 활은 아니었지만 입은 피해가 상당했다. 워낙에 고가의 장비를 차고 있었기 때문이다. 그만큼 석영은 독했다. 자신이 피해를 봐도 한번 작정하면 끝장을 보았다.

"뒷산은 아마 지금쯤 지옥일 거야."

"그게 문제가 아니라… 석영이 정신이 버틸까 걱정이야."

"문제가 심해?"

"내가 보기엔 그런데… 본인이 말을 잘 안 해. 알잖아, 석영이 성격."

"잘 알지, 그놈 그거… 에휴."

말을 하다 만 석문호는 예전에 석영과 대화를 한 때를 떠올렸다.

전형적인 아웃사이더이고, 선을 그어놓고 본인이 넘어가지도, 타인이 넘어오지도 못하게 엄격하게 관리했다. 형이란 단어. 그 한 글자를 게임상에서 알게 된 지 이 년 만에 들을 정도이다. 그것도 생일 때 선물로 좀 해달라고 술 먹고 떼를 쓰고 나서야 들었다. 그런 석영이 아무리 현실에서 만났다지만 말을 할 리가 없었다. 그리고 지금 이런 상황이라고, 힘들다고 자신의 모습을 겉으로 전부 내보일 리 없었다.

"하지만 그래도 방법은 대충 찾았어."

"응?"

"두 사람, 내가 보기엔… 두 사람이 키포인트야."

"… 나중에 하자, 그 얘긴."

"…그래야겠네."

두 사람의 시선에 적이 거리를 좁혀 오는 게 보였다. 흉흉한 기세는 물론이고 피부로 뜨끔한 살기도 느껴졌다. 그런데 그에 비해 전혀 부족하지 않을 투기가 발키리 용병단과 치안대를 중심으로 승천하기 시작했다.

흐흐! 어서 오렴, 이 개 호래자식들아!

쩌렁쩌렁한 차샤의 외침 뒤 말이다. 아직은 다 보여주지 않은 아리스와 노엘, 그리고 차샤의 투기가 마지막으로 승천을 시작했다.

석문호는 그런 투기를 느끼면서 저도 모르게 웃었다. 아내에게 말은 안 했지만 석문호는…….

'역시 재미있는 세상이야, 크크.'

이 세상이 참 마음에 들었다.

"우와아!"

쩌렁쩌렁한 고함 소리에 스미든은 인상을 팍 썼다.

'빌어먹을!'

저건 최후의 시나리오였다.

이쪽에서 오더를 주지 않았을 때 재량껏 마리아 왕녀를 죽이라고 이곳에서 만든 심복에게 일러두었다. 지금 그가 스미든의 오더를 받지 못해 용병단을 구슬려 전면전으로 달려든 것이다. 그런데 이게 좋은 상황은 아니었다. 1천의 병력은 많다. 현대전에서도 결코 적은 수가 아니다. 저 정도 수가 맞붙으면 국가 간 전면전이 벌어진다고 해도 과언이 아니다.

하지만 아까도 말했듯이 저기 있는 놈들은 급이 떨어졌다. 반드레이 공작에게 받은 정해진 자금으로 의뢰를 받지 못하는 놈들을 최대한 많이 고용하다 보니 어쩔 수가 없었다. 그리고 애초에 저들을 고용한 목적은 퇴로의 차단이지 저렇게 전면전을 염두에 둔 건 아니었다.

'이쪽은 벌써 글렀어.'

비밀 기사단.

이들은 보이지 않는 공포에 이미 잡아먹혔다. 죄다 대가리를 처박고 꼼짝도 안 하고 있었다. 소리만 흘려도 위치를 잡아 귀신같이 저격이 들어오다 보니 신음 소리도 흘리지 못하고 있는 상황이었다.

'나도 이럴 지경이니…….'

육체, 정신 고문을 대비한 훈련까지 마친 스미든도 지금 저격수의 표적이 될까 봐 대가리를 푹 처박고 간간이 전장을 살펴보는 정도였다. 그 이유는 괜히 머리라도 보였다가 죽기 싫어서였다.

그건 훈련에 의한 행동이기도 했지만, 살고 싶은 욕망이 강하게 작용한 행동이었다.

'그나저나 정말 언터처블이다.'

도저히 말로는 '저격수'를 설명할 수가 없었다. 위치는 대략 잡았다. 하지만 그뿐이다. 잡기만 했지 접근할 수 있는 방법

자체가 아예 없었다. 현대전처럼 수류탄이나 알라의 요술봉[RPG7]이라도 있었으면 어떻게 좀 움직이게 하겠는데, 그런 무기는 아무래도 없는 것 같았다.

그보다 상위 무기라 할 수 있는 마력포는 있었지만 그건 흉내만 낸 옛날 초창기의 대포와 비슷했다.

그래서 결과는 이렇게 나왔다.

접근 불가.

'목숨이 열댓 개 정도 있었어도 얼굴이나 보고 죽었겠지.'

스미든은 이미 작전이 실패했음을 깨달았다. 하지만 퇴각 신호를 울릴 수도 없었다. 퇴각 신호를 울려봐야 뭐 하나. 움직일 수가 없는데. 그래서 지금 당장은 고용한 용병단이 어떻게든 마리아 왕녀만 죽여줬으면 하고 비는 게 할 수 있는 전부였다.

슈가아악!

퍽!

그런 생각을 하는 와중에 또 기사단원 하나가 또 죽었다. 이번엔 악에 받쳐 저격수를 죽이려 움직이다가 당했다. 저격수는 진짜 괴물 중의 괴물이었다. 그걸 보며 소름이 돋으면서도 스미든은 다른 생각을 하고 있었다.

'반 공작에게 겨우 얻은 신뢰가 좀 떨어지겠어. 최악의 사태를 면하려면 카론이라도 살려 가야 하는데.'

양아들이라고 반드레이 공작이 그에게 정을 안 주는 게 아니었다. 오히려 중요하다 할 수 있는 비밀 기사단을 맡겼다. 만약 여기서 카론이 죽게 되면 정말 곤란한 상황을 맞이하게 될 거라는 걸 스미든은 알았다. 하지만 문제가 있다. 알고는 있는데, 카론을 살려가야 하는데 그를 구할 방법이 없었다.

저 무시무시한 저격을 피해 카론을 살리는 방법이 지금 현 상황에서는 아무것도 없었다. 스미든에게 이건 정말 치명적이었다.

그가 바라던 신세계가 훨씬 나중으로 멀어지는 건 물론이고, 그 기약 없는 시간 때문에 버지니아주 랭글리에 사는 개들이 냄새를 맡을 가능성까지 생겨났다.

'아니, 알아차리겠지. 그놈들이 어떤 놈들인데.'

같은 국가 소속이지만 그놈들만 생각하면 이가 갈리는 스미든이다. 모멸과 멸시. 리얼 라니아가 생기면서 엄청나게 차별 대우를 받기 시작하면서 DIA는 완전히 폐기 단계로 들어섰고, 흡수 직전까지 갔다.

그래서 스미든과 라이놀은 이를 막을 방법을 모색했고, 찾았으며, 지금 여기까지 왔다.

'그런데 왜 저런 괴물이 앞에서 가로막고 지랄이냐고!'

우드득!

"윽!"

뼈가 두둑거리는 소리가 난 뒤 입술을 질끈 깨물 정도의 통증이 올라왔다. 옛날 현장 요원일 때 다친 손인데 깜빡하고 쥔 것이다. 그러고는 놀라서 급히 고개를 숙였다. 혹시 이 작은 소리도 저격수가 감지할까 싶어서였다.

숨죽이고 일 분여. 다행히 저격은 없었다. 안도의 한숨을 쉬며 다시 망원경을 눈에 대고 고개를 빠끔히 내놓는 순간, 스미든은 심장이 급속도로 얼어붙음을 느꼈다. 구름과 저무는 해로 인해 생긴 어둠 속에서 시뻘겋게 일렁이는 뭔가가 자신을 주시하고 있었다.

"흐읍!"

스미든은 급히 망원경을 앞으로 던지고 몸을 옆으로 굴렸다. 하지만 뒤이어 바람이 갈라지는 소리에 그대로 얼어붙을 수밖에 없었다.

슈아아악!

질끈 눈을 감았다.

퍼걱!

수 초도 지나지 않아 망원경을 던진 손에서 끔찍한 통증이 올라오기 시작했다. 그래도 스미든은 이를 악물고 신음을 흘리지 않았다.

*　*　*

멀어서 그런가? 소리가 잘 들리지 않았다.

'죽였나? 후우.'

석영이 팔을 본 건 순전히 우연이었다. 해가 지고 있는 상황인지라 이대로는 위험하다 싶어 떨어지려는 고개를 돌리는 순간 딱 마주친 것이다. 처음엔 새까맣지만 뭔가가 번들거리는 빛을 봤고, 뒤이어 팔을 봤다.

석영은 앞뒤 재지 않고 그대로 시위를 놨다. 언덕 위로 솟구친 화살을 봤지만 거리가 멀어 그런지 육신이 뚫리는 소리는 들리지 않았다. 다만 믿긴 했다. 자신의 스킬은 절대 표적을 놓치지 않을 거라고 말이다.

꾸벅꾸벅.

근데 그건 그거고, 석영은 자꾸 무의식적으로 고개가 떨어지는 것을 느꼈다. 몸이 정말 천근만근이었다. 정신적 피로가 한계에 달하다 못해 이제는 조금만 더 스킬을 썼다가는 정말 요단강을 건널지도 모르는 상황까지 내몰렸지만 석영은 그걸 자각하지 못하고 있었다. 자각할 정신이 없었기 때문이다.

'버틴…….'

석영은 그럼에도 버텼다.

지금 코에서 피가 줄줄 흐르고 있는데도, 그걸 느끼고 있으면서도 석영은 버텼다. 가물가물해진 시야 속에 움직이는 뭔가가 있으면 일단 당겼다. 그럴수록 골을 파헤치는 수준의 통증이 느껴졌지만 석영은 이렇게 생각했다.

'죽는 것보단… 낫잖아? 그치?'

두개골을 파헤치는 통증이 죽는 것보다는 백배 낫다. 지나가는 사람을 잡고 물어보면 열이면 열 사는 걸 택할 것이다. 석영도 마찬가지였다.

'끝이 보여.'

그래도 지금은 다행히 끝이 보였다.

적이 숨죽이고 있는 건 자신의 목줄을 물어뜯으려 움츠린 게 아닌, 자신의 저격에 겁을 잔뜩 먹고 그저 오들오들 떨고 있다는 게 감으로 느껴졌다.

근거는 있었다. 울부짖는 놈, 살려달라고 애원했던 놈, 괴성을 지르며 도망치던 놈, 그놈들 모두 석영은 잔인하게 저격했지만 양심의 가책을 느끼지는 않았다.

안 했으면 석영이 죽었을 테니까.

보정의 효과도 있지만 석영도 지금 살인에 무덤덤해지고 있었다. 이건 좋은 상황이 결코 아니었지만 이 또한 석영은 자각을 못하고 있었다.

"우와아!"

거대한 함성이 다시금 들렸다.

그 함성에 석영은 움찔했지만 이를 악물고 참았다. 당연히 저 함성이 일어나고 있는 곳이 걱정됐다.

석문호와 문호정, 그리고 휘린과 송, 차샤를 비롯한 발키리 용병들 전부. 그러나 이곳을 버릴 수는 없었다. 석영은 지금에 이르러서야 자신의 선택이 정말 굿 초이스였다는 걸 알았다. 이곳에서 밀렸다면 정말 최악의 상황에 몰렸을 테니까.

'조금만 버텨. 여기를 정리하면 바로 갈 테니까.'

'오래 걸리지 않을 거야' 하고 짧은 뒷말을 더하는 순간, 부스럭거리며 어둠 속에서 흔들리는 그림자와 소음.

투웅!

슈아아악!

퍽!

또 하나의 목숨을 빼앗는 순간, 거대한 함성이 다시금 들려왔다.

"우와아아!"

그에 석영은 입술을 질끈 깨물고 다시금 전방을 주시했다.

* * *

"죽여!"

"썅년들! 킬킬!"

두서없이 날아드는 욕설, 그리고 칼날. 전체적으로 용병들의 움직임은 굉장히 소란스러웠다. 하지만 위협적이지는 않았다.

"……."

반대로 정적인 발키리 용병단과 치안대.

그들은 입을 꾹 다문 채 진형을 유지하며 몰려드는 적을 상대했다. 모든 방위를 커버할 수가 없으니 유기적으로 서로 협력하며 몰려드는 용병들을 막아냈다. 그 최전방엔 차샤와 아리스, 그리고 석문호가 있었다.

깡!

히죽!

어깨로 떨어지던 칼날을 막은 차샤가 비릿한 미소를 입에 걸었다. 동시에 손목을 틀어 날렵하게 신체를 움직였다.

그그그극!

도가 적의 칼날을 타고 올라가 순식간에 목적을 그어버렸다.

"크륵……."

"크륵은 무슨 크륵! 쌍!"

서걱!

목을 부여잡고 물러나는 용병에게 상큼하게 욕을 던져준 뒤 그대로 한 바퀴 회전하며 목을 날려 버리고는 다시 주저앉는 차샤. 그녀가 피한 공간으로 도끼 하나가 소리를 내며 지나갔다.

부웅!

몸뚱이만 키웠는지 상체가 비대한 용병이 제 힘을 못 이겨 뱅글 돌고 있는 게 차샤의 시선에 걸렸다. 그걸 바라보는 눈빛이 먹이를 노리는 맹수의 눈빛이다. 하지만 차샤는 그 상태에서 움직이지 않았다. 덩치가 이미 한 바퀴를 도는 중인데도 말이다. 타이밍을 놓친 건 아니었다.

반대로 타이밍은 아주 기가 막히게 맞았다.

차샤가 아닌.

스아악!

서걱!

아리스의 타이밍이 말이다.

그녀의 검은 덩치의 목을 가뿐히 잘라 버리고는 다시금 유려한 선을 그리며 되돌아왔다. 찰랑이는 머리카락. 요상하게도 비가 내리는데도 그녀의 머리카락은 젖지 않았다.

"두 사람 뒤로!"

뒤에서 노엘의 목소리가 들렸고, 차샤와 아리스는 군말 없이 뒤로 물러났다. 노엘의 말이다. 전장을 살펴보는 눈은 여기서 노엘보다 좋은 사람이 없었다.

"빌어먹을 쌍년들!"

애꾸가 씩씩거리며 욕설을 뱉었다.

"어머, 오랜만이네, 애꾸?"

"너 이년……!"

"년년 하지 마. 듣는 년 기분 나빠서 남은 눈깔도 쪽 뽑아 버리면 어떡하려고?"

으득!

차샤의 이죽거림에 애꾸가 울컥하는 얼굴이 되더니 그걸 못 이기고 차샤에게 덤벼들었다. 그러자 대번에 차샤가 '오예!' 하면서 마주 나가려다 노엘의 '제자리!' 하는 소리에 신체에 급제동을 걸었다.

아무리 좋아도 전열을 무너뜨려서는 안 되는 걸 잘 알기 때문이다. 차샤가 멈추자 애꾸도 급히 몸을 멈췄다. 흥분했지만 애꾸는 알고 있었다. 자신의 실력이 차샤에 비해 확실히 떨어진다는 사실을.

"운 좋네, 애꾸?"

"개년! 넌 내가 반드시 찢어 죽인다!"

"그러시든가. 근데 내기할까?"

깡! 까강!

쇠가 부딪치는 소리가 사방에서 난무하는 데도 차샤는 여유가 있었다. 저렇게 싱긋 웃는 걸 보니.

"네가 날 죽이는 게 빠를지, 아니면 내가 네 남은 눈깔 하나를 쪽 뽑아주는 게 빠를지. 응? 할래?"

"으으……!"

또 흥분하는 애꾸.

차샤가 한마디 더 하려는 찰나, 갑자기 아무것도 없던 공간에 직사각형 형태의 검붉은 블록 열댓 개가 생겨났다. 마치 마술처럼 순식간에 허공에 생겨나더니 사방으로 떨어지기 시작했다.

쿵! 쿠구궁!

그리고 그 밑에는 멍하니 그걸 바라보는 용병들이 있었다.

episode 32
나이스 타이밍

쿠웅!

대지에 진동을 주며 안착한 블록. 그건 블록이 아니었다. 컨테이너 박스였다. 그것도 안에 재료가 가득 들어 상당한 무게를 자랑하는 컨테이너 박스 말이다. 컨테이너 박스 밑에서 검붉은 액체가 주륵주륵 흘러나오기 시작했다. 무게에 짓눌려 그냥 압살당한 것이다. 밀집해 있었으니 최소한 백 이상은 저 컨테이너에 눌려 죽었다.

"아, 미치겠다. 호호!"

순식간에 사람 백을 죽인 버그 유저 김선아가 허탈한 웃음을 흘렸다. 문호정이 가만히 옆에서 그녀의 손을 잡아줬다.

"언니, 사람을 저렇게 죽였는데 죄책감이 하나도 안 들어요. 이거 내가 이상한 건가요?"

"아니, 아니야. 이 세상이 이상한 거야."

김선아의 목소리는 조금 떨리는 것 같았으나 눈빛은 정말 담담했다. 정말 아무런 일도 없는 평범한 사람의 눈빛을 하고 있었다. 살벌한 일을 벌인 사람치고는 정말 너무 멀쩡해서 치안대원들이 기가 질린 눈으로 바라보았다.

멘탈 보정, 혹은 정신 보정.

김선아도 이게 주는 괴리에서 벗어날 수 없었다. 분명 이상한데, 아무리 생각해 봐도 사람을 죽이고 이렇게 멀쩡할 순 없는 건데 멀쩡하다. 아무런 감정도 들지 않으니 그 괴리감에 김선아는 혼란을 느끼고 있었다.

하지만 덕분에 전장의 분위기는 완전히 뒤집혔다. 발키리 용병단과 치안대가 유기적인 공조를 이룬 방어진으로 잘 버티고는 있었지만, 그래도 기세는 확실히 적에게 있었다. 병력의 차이였다.

그런데 조금 전의 한 방이 적에게 공포를 심어버렸다. 말도 안 되는 일이 벌어져 혼란까지 심어버렸다. 공포와 혼란. 이 두 가지가 뒤섞여 시너지 효과를 발휘, 완전 멘붕에 빠지는 놈까지 나왔다.

문호정은 작금의 이 상황이 너무나 슬펐다. 그녀는 당연히 싸움을 좋아하지 않았다. 피는 더욱더 싫었다. 그녀도 이상했다. 다만 여태까지 살아온 세월, 그 세월 간 쌓은 연륜으로 버텰 뿐 지금 이 장소가 싫었다.

그녀가 이곳을 떠도는 이유는 그녀도 버그 유저라 그렇고, 그걸 고칠 방법을, 혹은 제어할 방법을 찾기 위해서였다.

만약 버그만 없었어도 그녀는 이렇게 모험을 하진 않았을 것이다. 저 멀리 남편 석문호의 널따란 등이 보였다. 그는 전투에 직접적으로 참여하진 않았지만 빈틈으로 뚫고 들어오는 적을 막고 있었다. 그 과정에서 피가 튀고 숨이 끊어졌다. 남편의 피도 숨도 아닌, 적의 피와 숨이다.

가끔가다 돌아보며 걱정 말라고 웃어줬지만, 그녀는 남편의 눈빛에 깃든 슬픔을 읽었다. 죄책감을 안 느끼게 해주는 것뿐이다. 그 외의 다른 감정은 전부 느낄 수 있으니 저런 눈빛을 하는 것이다.

당장 김선아만 하더라도 괴리감에 혼란을 느끼지 않았나. 석문호가 다시 뒤를 돌아봤다. 이번에도 시선이 딱 마주쳤고, 문호정이 물었다.

'당신, 괜찮아요?'

'그럼, 내 걱정 말고 조심해.'

교감.

두 사람은 눈빛만으로도 서로 전달하고자 하는 걸 바로 이해했다. 석문호는 다시 고개를 돌렸다. 상황이 분명 발키리 용병단 쪽으로 쏠리긴 했지만 그렇다고 넋 놓고 눈빛 대화나 하고 있을 상황은 아니었기 때문이다.

꽤 멀리 떨어진 전방은 아직도 소란스러웠다. 비명과 창칼이 부딪치는 쇳소리가 난무하며 여전히 그녀의 귀에 익숙지 않은 소음을 전달하고 있었다. 그건 정말 제정신이라면 정서불안쯤은 가볍게 일으키게 할 정도로 자극적이었다.

그녀는 문득 저 뒤에서 외롭게 싸우고 있을 석영이 떠올랐다.

'힘내. 그리고 고마워, 석영아.'

동생 같았다.

예전에 잃은.

그 아이도 석영처럼 아웃사이더 기질이 있었고, 결국은 자살을 선택했다. 그대로 성장했다면 아마 비슷한 나이일 것이다. 대여섯 살 차이가 나니까. 그녀는 석영을 볼 때마다 동생이 떠올랐다.

그래서 석영을 계속 주시해 왔고, 이상함을 눈치챘으며, 어떻게든 도와주고 싶었다. 아무런 이유도 없이 문호정이 석영을 챙겨주는 게 아니었다. 그런데 그녀가 외롭겠다고 생각했던 석영은 사실 생각보다 외롭진 않은 상황이었다.

*　　　*　　　*

해가 서산에 걸렸고, 비는 이제 슬슬 그치고 있었다. 석영은 짧은 들숨과 날숨을 반복해 쉬며 겨우겨우 버티고 있었다.

"후우, 후우, 후우."

적은 지금까지도 움직이지 않는 상황. 서넛을 더 잡고 나자 아예 망부석이라도 된 듯 숨은 자리에서 꼼짝도 안 하고 있었다.

'제길…….'

석영은 한계를 느끼고 있었다. 입술은 아예 엉망진창으로 걸레가 되어 있었다. 포션으로 치료하고 했는데도 지금은 포션을 뽑을 정신력조차 남지 않은 상태였다.

겨우 시위를 걸어놓은 손가락. 솔직히 당길 힘도 없었다. 이대로 적이 내려오면? 최악의 상황으로 내몰릴 것이다. 석영은 추적 샷을 너무 남발했다는 걸 이제야 알았다.

아까는 잘했다고 생각했지만, 그것도 여력을 남겨두면서 잘했어야 하는데 경험이 별로 없는 석영은 결국 전력을 다 써버렸다. 전력을 쓰다 못해 아예 남은 진까지 끌어다 쓴 상황이다.

'최악이야. 설마 이렇게까지 장기전이 되다니…….'

그래, 석영은 이걸 간과했다.

이게 진짜 뼈아픈 실수였다.

그 실수 때문에 지금 악착같이 의식을 붙들고 있는데도 눈앞이 흐릿흐릿했다.

'여기까지… 인가?'

석영은 자신이 더는 못 버틸 거라고 생각했다. 그러면서도 제발 놈들이 물러나 주기를 바랐다. 석영은 어딘가 피해서 숨고 싶지만 그럴 힘도 남아 있지 않았다.

한지원이 봤다면 혀를 찼을 정도로 정신 나간 짓을 했다. 덕분에 놈들이 공포에 절어 움직이지 못하고 있지만 혹시 또 모른다. 나중에 혹시 하고 움직이는 놈이 생길지. 그놈이 멀쩡하면 다른 놈도 분명 움직일 것이다. 석영이 생각하는 최악은 거기서 후퇴를 하지 않고 전진하는 것, 바로 이 부분이다.

"뭐야, 이 새끼는?"

산이 쩌렁쩌렁 울리는 뾰족한 목소리. 석영은 의식이 흐린 와중에도 희미하게나마 그 목소리를 들었다.

'뭐야? 익숙한 목소린데?'

확실히 가냘프면서도 까랑까랑한 게 힘이 있는 목소리이고, 분명 어디선가 많이 듣던 목소리이기도 했다.

꺄아아!

뒤이어 비슷한 톤의 동물 울음소리도 들렸다. 그러나 동물 울음소리보다 첫 번째 여인의 목소리에 더 집중했다.

"갑자기 튀어나와서 칼질이야? 별 미친 새끼가!"

두 번째 그 소리를 들었을 때, 석영은 누구 목소리인지 알아차렸다.

'김아영?'

분명 아영이의 목소리였다.

그녀가 왜 여기에 있는지 순간적으로 의문이 들었지만 석영은 지금 이 순간 그게 중요한 게 아니라는 걸 빠르게 알아차렸다.

퍽!

꽈직!

석영은 기대고 있던 바위에 머리를 강하게 찧었다. 아찔한 통증이 찾아왔지만 대신 일시적으로나마 정신이 확 들었다.

"김아영!"

있는 힘껏 자신의 위치를 노출시켰다. 석영은 아영의 등장이 매우 뜻밖이었지만 이 난관을 돌파할 아주 중요한 존재라고 생각했다.

김아영. 사고뭉치에 어디로 튈지 모르는 럭비공 같은 아이지만 그래도 일신의 무력은 준수하다. 아니, 준수하다는 표현으로는 모자라다. 그녀는 석영이 아는 한 가장 확실한 탱커였다. 공격보다는 방어에 특화된 기사였고, 석영과 손발을 맞춰본 몇 안 되는 사람 중 하나였다.

혹시라도 한지원이 있었으면 좋겠지만 거기까지 바라는 건 욕심이다. 물론 지금 그녀의 등장은 좋기도 하지만 나쁜 점도 있었다. 자신은 일단 힘을 거의 못 쓰는 상태이고, 김아영의 등장으로 현재 붙잡고 있는 끈을 잘라 버릴 수도 있었다. 하지만 석영은 자신의 선택을 후회하지 않았다.

잘못하면 아영은 저곳에서 죽을지도 모르니까.

"어? 오빠? 오빠임?"

날카롭지만 울림통이 커서인지 기차 화통에서 터진 소리처럼 날아오는 아영의 말에 석영은 더 이상 대답하지 않았다. 그럴 기력도 없었고, 잘못하면 위치를 아주 정확하게 노출시킬게 뻔했기 때문이다.

퍽!

퍼벅!

둔중한 파열음이 연달아 울렸다. 비명이 들리지 않는 걸 보니 혹독한 훈련을 거친 적의 몸뚱이에서 나는 소리였다. 아영이었다면 분명 뾰족하게 소리를 내질렀을 것이다.

"오빠! 오빠! 어디 있는데? 애들아, 아까 그 목소리 찾아봐!"

애들이라니?

석영은 순간 아영에게 동료가 있는 건가 하다가.

꺄앙!

냐!

들려오는 고양이 울음소리에 피식 웃고 말았다. 통증 때문에 의식이 흐릿흐릿했다. 하지만 아영이가 오기 전까지는 억지로 버텨야 했다.

'후우…….'

아영이가 등장하면서 분명 움직이는 놈이 나올 것이고, 그 놈을 저격해 줘야 아직 자신이 건재함을 알릴 수 있었다. 또한 그래야 아영이가 이곳으로 오더라도 섣부르게 전진을 못하게 할 수 있었다.

틈을 주면 공포는 물러가고 그동안의 울분이 분노와 용기가 되어 미친놈들처럼 돌격해 올지도 모른다.

그건 석영이 바라는 게 절대 아니었다.

두드! 두드드득!

겨우 시위를 당기고 어둠을 노려보았다. 깨진 이마에서 흐른 피가 왼쪽 눈으로 들어와 시야를 방해했지만 상관없었다.

꺄앙!

냐!

도도도도!

석영은 작은 그림자가 갑자기 자신을 덮쳐 오자 흠칫했지만 이상하게도 아영이가 데리고 있던 고양이임을 빠르게 알아차렸다.

꺄아! 냐아앙!

"찾았어? 오케이! 지금 갈게!"

저 멀리서 아영이의 목소리가 들렸다. 이어서 '비켜, 이 새끼야!' 하는 거친 욕설과 함께 머리통이 우그러지는 소리가 들렸다. 내려오면서 걸리적거리는 놈들을 그냥 족치면서 내려오는 것 같았다. 나쁘지 않았다.

스윽.

저 멀리서 일렁이는 두 개의 그림자. 석영은 시위를 놓으려다가 급히 멈췄다. 제대로 파악을 못 했기 때문이다. 만약 아영이라면? 석영은 동료의 대가리를 날린 살인자가 되어버린다. 그건 사양이다.

멈추길 잘했다.

가장 먼저 나온 건 아영이가 맞았다. 근데 그 뒤는 아니었다.

"숙여!"

석영은 진짜 남은 기력을 쥐어짜 외친 뒤 시위를 놓았다. 그러자 석영의 상태와는 다르게 단단하게 형성된 무형 화살이 빗살처럼 어둠을 직선으로 꿰뚫었다.

"흡!"

아영은 용케도 석영의 작은 외침을 듣고는 앞으로 몸을 날렸다. 그 와중에도 고개를 숙였고, 덕분에 무형 화살은 아영을 스쳐 지나가 뒤에 따라붙은 놈의 얼굴에 그대로 박혔다.

퍼억!

어딘가 통렬하기까지 한 소리 뒤에 달리던 관성을 이기지 못하고 그대로 몸뚱이가 앞으로 철퍼덕 쓰러졌다. 석영은 그걸 확인하고 그대로 눈을 감았다. 정말 이제는 한계였다.

눈을 감자마자 급속도로 멀어지는 현실감. 아련하게 '오빠! 오빠!' 하는 소리가 들렸지만, 석영의 의식은 그 소리를 마지막으로 뚝 끊겼다.

그리고 사실 현재 석영의 경지로 여태껏 버텼던 게 기적이었다.

으득!

"이 개새끼들이……!"

석영의 상태를 본 아영은 처음에 흠칫 놀랐다가 이내 이를 갈았다. 석영의 상태는 머리에서 피만 나는 것만 빼면 외상은 별로 없었다. 하지만 안색이 정말 죽기 일보 직전의 사람과 똑같았다. 뇌진탕이라도 온 것처럼 눈의 흰자위를 내놓고 그대로 기절해 있어서 아영은 정말 석영을 보자마자 깜짝 놀랐다.

죽은 게 아닐까? 다행히 미약하지만 숨을 쉬고 있기에 안도했고, 안도가 사라지자 분노가 찾아와 그 자리를 차지했다.

아영은 석영을 만나기 위해 움직이고 있었다. 그 먼 곳에서 지도 한 장에 의지해 여기까지 겨우겨우 왔다. 마침내 프란 왕국으로 들어섰고, 석영이 있다는 곳까지 이제 얼마 남지 않았다는 사실에 마지막 힘을 내서 오고 있었다.

그런데 빌어먹을 폭우가 프란을 강타하면서 일정이 늦어졌고, 안 그래도 짜증 나던 차에 이런 일을 겪게 됐다.

차라리 다행이라면 다행이었다.

석영이 미지의 적과 조우하고 있었고, 이런 부상으로 악착같이 버티던 차에 자신과 만나게 됐으니까.

"오빠, 이젠 좀 쉬어. 마무리는 내가 할 테니까."

아영은 조심스러운 손길로 물약을 석영의 입에 흘려 넣어줬다. 내외상 치료에 탁월한 물약이다.

정신에 입은 대미지는 어쩔 수 없어도 당장 지친 육체에는 물약만 한 게 없었다. 아영은 이후 조용히 사방을 둘러봤다. 이제는 사위에 어둠이 완연히 자리 잡았다. 해도 이미 넘어갔다. 어둠 속에서 적을 상대해야 한다.

아영은 다행히 이런 일이 처음은 아니었다. 몬스터 소환을 밤에 겪으면서 어둠이 깔린 전장은 익숙지는 않아도 처음은 아니라서 마음은 편했다. 그리고 다행히 비가 그쳤다.

어둠에 폭우. 최악의 전장은 그래도 피한 셈이다.

아영은 당장 상황 파악은 아무것도 못 했다. 하지만 지금 석영을 지켜야 한다는 절대 명제를 받은 것처럼 비장한 얼굴이 됐다.

"누가 다가오면 알려줘."

꺄앙.

냐아.

그때 구해준 고양이들은 그날부터 아영을 따랐다. 처음에는 심심해서 같이 다녔는데, 나중에 보니 이 아이들은 기가 막히게도 사람 말을 알아듣는 높은 지능을 가지고 있었다. 그러니 척후로는 정말 손색이 없는 친구들이다.

아영은 방패를 꺼내 바닥에 내려놨다.

'근데 몇 놈이더라?'

아영은 내려오면서 얼핏 주변에 숨어 있는 적을 확인했다. 사방에 깔린 시체 때문에 한 편의 지옥도였지만, 멘탈 보정 덕분에 잘 이겨내고 내려오면서 전부 봤다.

'못해도 육칠십은 되어 보이던데……'

아영은 혼자서 전부 막아낼 수 있을지 걱정이 됐다. 고블린이야 훨씬 많이 상대해 봤지만 사람은 처음이다.

'내가… 죽일 수 있을까?'

게다가 오면서 본 시체들.

누구한테 당했는지 굳이 고민해 볼 필요도 없었다. 바로 뒤에 쓰러져 있는 석영이 한 게 분명할 테니 말이다.

지금 당장 다가오는 것 같진 않지만 만약 공격해 오면 상대해야 한다. 아까 오면서는 너무 경황이 없어 막 후려치긴 했지만 아마 죽진 않았을 것이다. 급소가 아닌 어깨나 다리를 찍었으니까.

물론 그래도 과다 출혈로 죽을 수도 있지만 아영은 그렇게까지 깊게 생각하는 사람이 아니었다.

비 때문에 그런지 체온이 내려가 오들오들 떨기 시작했다. 긴장과 흥분, 그리고 분노로 범벅된 정신이지만 그래도 석영은 챙겼다. 보고 싶어 무작정 찾아온 사람이고, 겨우 만났지만 이렇게 아픈 모습을 보니 가슴이 아프기도 했다.

'우씨…….'

원래는 한 방 먹여줄 생각이었다.

그런데 지금은 그런 생각은 싹 수그러들었다.

냐!

그때 작은 고양이가 울었다.

아영은 솜털이 곤두서는 것을 느끼며 자세를 바짝 낮춰 아이가 바라보며 운 곳을 주시했다. 부스럭거리는 소리가 들리지만 뭔가 특별한 건 보이지 않았다. 하지만 아영은 긴장을 늦추지 않았다. 언제 어디서 툭 튀어나올지 모르기 때문이다.

힐끔 기절해 있는 석영을 보며 아영은 이를 악물었다. 그리고 다짐했다. 지금 이 상황을 조금도 이해하고 있지 못하지만 반드시 석영을 지켜내기로.

어둠이 내려앉은 산속에서 아영의 눈이 다짐과 독기로 퍼렇게 빛나기 시작했다.

*　　　*　　　*

"헉헉!"

스미든은 이를 악물고 달렸다.

떨어져 나간 팔목에서 끔찍한 고통이 따라왔지만 지금은 그걸 신경 쓸 겨를이 조금도 없었다.

저격수와 눈이 마주치고 소름으로 온몸이 전율하면서도 망원경을 내던지며 굴렀던 순간, 그 이후 수 초도 지나지 않아 팔목이 저격에 뜯겨져 나갔다. 초인적인 인내력으로 이를 악물고 비명을 삼킬 수 있었지만 신경 다발이 모조리 끊어져 나간 것처럼 지독한 고통이 뒤따랐다.

챙겨 온 포션이란 신비의 약을 급히 들이부었지만 팔은 재생되지 않았다. 정확하게 설명하자면 절단면이 서로 붙지 않았다. 다행히 출혈은 멈춰 목숨을 부지할 순 있었지만 아주 잠깐의 방심이 외팔이로 만들어 버렸다.

으득!

이를 악물고 어떻게든 카론만은 구해보려 했지만 그것도 실패였다. 멍청한 놈이 갑자기 난입한 여인의 뒤를 쫓다가 대가리가 날아간 것이다. 스미든은 그 이후 미련 없이 신형을 돌려 도망쳤다.

"헉헉! 후우……."

숨이 턱 끝까지 차도록 도망친 후에야 잠시 휴식을 취하는 스미든은 갑자기 온몸을 부르르 떨었다. 저격수의 핏빛 눈동자가 떠오른 탓이다. 오금을 저리게 하는, 아니, 영혼이 얼어붙는 전율을 선사한 소름 끼치는 눈빛.

스미든은 요원 생활을 하며 정말 다양한 인간 군상을 만났다. 무기상, 마약상, 때로는 테러리스트도 만났고, 정치계의 거물, 경제계의 거물은 물론 군부의 굵직한 인사들에 가히 세계적인 클래스의 스포츠 선수나 가수, 배우도 만났다. 하지만 단언컨대 저격수의 눈빛만큼 강렬하고 무시무시한 눈빛을 가진 사람은 없었다. 미친 종교 테러리스트의 수장도 저격수보다는 못했다.

'도대체 무슨 놈의 인간이…….'

심령이 제압되는 기분이었다.

마치 인간을 벗어난, 대자연의 재해가 자신을 덮쳐 오는 걸 우두커니 서서 두 눈으로 확인했을 때나 받을 느낌이었다.

'인간이 아니야.'

스미든은 도저히 그 눈빛이 인간이 발하는 눈빛이라 생각할 수 없었다. 인간이 아닌 다른 존재, 인간보다 더욱 상위의 존재. 분명 그럴 거라고 생각했다. 그런 존재가 있냐고? 신세계가 나타난 마당인데 뭘 의심하나. 몬스터가 나온다. 이러다가 드워프(Dwarf)와 엘프(Elf)에 이어 신족과 마족까지 등장해도 이상하지 않을 세계이다.

스미든은 저격수가 그런 존재일 거라고 생각했다.

부르르!

'모든 계획을 다시 수정해야 해.'

라이놀을 만나 저격수에 대해 전하고 즉시 몸을 피해야 했다. 반드레이 공작은 이미 저격수와 척을 졌다.

'그의 능력으로는 절대로 그를 막을 수 없어.'

능력이 다르다.

급이 다르다.

반드레이 공작가가 거대한 세력이라고는 해도 저격수가 작정하면 반드레이 공작인 반드시 요단강을 건넌다.

실력 있는 저격수는 적에게는 악몽이다. 전장이 아니더라도 적이 있으면 언제나 몸을 사려야 목숨 줄을 조금이라도 더 부여잡고 있을 수 있기 때문이다. 그런데 저 저격수는 아예 현실 세계의 군 출신 저격수와는 궤가 달랐다.

도대체 무슨 무기를 쓰는지는 모르겠지만 그냥 현존 최강이다. 그러니 반드레이 공작은 저격수가 마음만 먹으면 무조건 죽는다. 그에게 노출되는 순간 말이다.

'그러니 버린다.'

반드레이 공작을 이용해 바닥부터 야금야금 실권을 잡고 프란 왕국을 손에 넣을 계획은 이제 전면 수정되어야 했다.

'가능하면 아예 이 왕국을 뜨는 게 좋아.'

병력으로 밀어붙여 죽일 수 있으면 좋겠지만 보다시피 저쪽도 세력이 있었다. 왕궁으로 들어가면? 왕실 근위 기사단은 무조건 저격수의 편을 들어줄 것이다.

왜냐고? 조사한 바로는 근위 기사단장이 마리아 왕녀의 사람이었다. 그뿐인가? 수도방위군의 군단장도 마리아 왕녀의 사람이다. 귀족 세력은 없어도 귀족 세력이 함부로 건드릴 수 없는 군부의 정예 병단이 마리아 왕녀의 편이면 얘기가 달라진다.

왜 그들을 이용하지 않았는지는 모르겠지만 당장 중요한 건 그게 아니었다. 당장 현 상황을 피할 방법이 중요했다.

'빌어먹을!'

프란 왕국을 떠야 한다는 생각 때문인지 스미든은 속으로 욕설을 내뱉었다. 자신만만했는데, 이 작전만 성공했으면, 저격수만 없었다면 확실하게 마리아 왕녀를 죽일 수 있었다. 그러면 못해도 오 년에서 십 년이면 프란 왕국을 라이놀과 자신의 왕국으로 만들 자신이 있었다.

그러면 이제 그동안 헌신하던 미합중국과 빌어먹을 버지니

아주의 개들에게 통렬하게 복수할 수 있었을 것이다.

'그런데… 제기랄! 갓뎀!'

저격수에 대한 분노가 일시에 올라왔다.

하지만 그 소름 끼치던 핏빛 눈동자가 떠올랐다.

부르르!

다시 온몸이 떨리면서 분노는 씻은 듯이 사라졌고 그 자리를 다시금 공포가 메웠다. 몸을 격렬하게 떤 스미든은 신형을 일으켰다. 호흡은 진정이 됐고, 상당히 먼 거리를 도망쳤지만 절대 안심할 상황이 아니었다. 당장 생각해야 할 게 산더미였는데 그것도 지금 당장 여기서 무사히만 도망치면 언제고 할 수 있는 일이었다.

스미든은 물약을 꿀꺽꿀꺽 마신 뒤 다시금 어둠 속으로 몸을 숨겼다. 자신만만하던 것치고는 아주 초라한 퇴장이었다. 그리고 그렇게 도망치는 스미든은 미처 파악하지 못한 게 있었다. 자신의 뒤로 추적의 달인인 작은 여인이 따라붙었다는 사실이다.

*　　*　　*

"우와아!"

함성이 다시금 들려왔지만 아까처럼 큰 함성은 아니었다.

대신 승리의 함성이었다. 휘린은 그 함성을 듣고 나서야 자의와는 상관없이 부들부들 떨리던 몸이 멈추는 걸 느꼈다. 정신을 차리고 나서부터 그녀가 들은 건 온갖 욕설과 고통에 찬 비명 소리였다. 마차 안에 있었지만 소음까지 막아주는 건 아니어서 휘린은 그 모든 걸 들어야 했고, 정서 불안에 걸린 사람처럼 몸을 떨었다.

귀도 막고 싶었지만 자신을 지키기 위해 밖에서 싸우고 있을 발키리 단원들과 석영 때문에 차마 귀는 막지 못했다. 그래서 온전히 정신력으로 버텨야 했다. 너무 힘들면 입술을 깨물어가면서 버텼다.

그렇게 버티다 보니 어느새 욕설과 고함, 그리고 비명이 잦아들고 이내 승리의 함성이 들려왔다. 뾰족하다 해도 좋을 하이 톤의 음성. 분명 발키리 단원들의 함성이었다. 그 안에 섞여 있는 치안대의 굵직한 함성도 들었다.

'이겼구나.'

그래서 안도했다.

하지만 휘린은 저 마차 문을 열 용기가 나질 않았다. 문을 여는 순간 보일 시체와 피가 겁났다. 하지만 정말 더 무서운 건 잘 알던, 불과 몇 시간 전까지만 해도 같이 말을 섞던 동료들의 시체를 보게 될까 봐서였다.

'오빠…….'

휘린은 그래서 본능적으로 석영을 찾았다. 언제나 든든했고, 자신의 욕심을 위해 말로 설명 못 할 거대한 선물을 안겨

주었다 계약, 혹은 거래로 인해 맺어진 관계라 할 수 있지만 지금은 사실 휘린이 가장 믿는 사람이 석영이었다.

이후로도 휘린은 한참을 못 나갔다. 뒷정리가 한창이었는데도 휘린은 감히 마차 문에 손을 못 댔다.

그렇게 속절없이 시간이 흘러가던 와중에 그녀의 귀로 파고드는 목소리.

"아, 석영아!"

"정신 차려봐!"

"야, 정석영!"

연달아 터지는 고함 소리.

그 소리에 휘린은 전신을 내달리는 소름을 느끼며 그대로 기절했다.

episode 33
정당한 아영의 분노

"후우……."

그나마 가장 의료 지식이 있는 노엘의 한숨에 천막 안에 있던 여러 사람의 몸이 대번에 움찔거렸다. 이어서 대답을 바라는 눈빛으로 노엘을 보자 그녀는 흐르는 땀을 손수건으로 닦아내고서 분홍빛 입술을 열었다.

"외상은 크게 문제될 게 없어요."

"지, 진짜?"

노엘이 인상을 찌푸렸다. 그리고 그 상태로 갑자기 석영을 안고 뛰어들어 한바탕 난리를 친 여자를 바라봤다.

"네, 외상은 없습니다."

"근데 왜 안 일어나는데?"

석영이 들었으면 얘가 충청도 출신이었나 했을 정도로 억양이 셌다. 그만큼 그녀는 지금 많이 흥분해 있는 상태였다. 문호정, 석문호와의 재회를 기뻐할 겨를도 없었다. 이유야 당연히 석영 때문이었다.

"지금으로서는 정신적으로 탈진했다고밖에 말을 못 하겠습니다. 제가 전문 치료사가 아니니 그마저도 확실치는 않습니다만."

"아, 뭐야?"

아영의 날카로운 말에 문호정이 얼른 나서서 그녀의 팔을 잡았다. 그러나 아영은 그 팔을 휙 뿌리쳤다.

"아영아!"

엄한 목소리로 그녀를 불렀지만, 천천히 돌아보는 아영이의 눈빛에는 이미 불이 붙어 있었다. 그녀가 아는 애교 많고 장난기 많던 김아영이 아니었다. 딱 봐도 분노로 인한 지펴진 불이었다.

아영이의 불붙은 시선이 사방을 한차례 천천히 쓸어보기 시작했다. 그 눈빛에 움찔할 정도로 이곳에 담이 약한 사람은 없었지만 석영이 저렇게 된 게 마치 자신들의 잘못인가 싶어 시선을 마주치지 못하고 전부 조용히 고개를 돌렸다.

"후우……."

그런 행동에 허리에 손을 올리고 발끝으로 바닥을 툭툭 쳤다. 지펴진 불길을 잠재우려 노력하는 아영의 모습에 문호정이 다시 조용히 팔을 잡았다.

"나가자. 일단 나가서 언니랑 얘기하자."

아영은 이번엔 문호정의 팔을 뿌리치지 않았다. 조용히 그녀의 힘에 몸을 맡기고 막사 밖으로 나갔다. 그녀가 나가자 '푸하!' 하는 과장된 소리가 들렸다. 당연히 차샤였다.

"아따, 살벌하네. 뭔 놈의 여자가 저래?"

"어머, 단장 언니, 우리는 안 살벌해?"

"아, 맞다. 우리도 좀 살벌하긴 하지. 흐흐, 근데 누구지? 연인인가?"

"하는 것 보면 그런 것 같은데? 아니지. 그것보다 더 끈적끈적한 사이 아닐까? 후후."

이 와중에도 농담을 하는 차샤와 아리스의 모습에 노엘은 그냥 고개를 절레절레 저었고, 치안대장 또한 짧은 한숨을 흘렸다. 조용히 구석에 있던 마리아 왕녀만 묘한 눈빛으로 석영을 바라보고 있었다.

"그런데 노엘, 진짜 크게 문제 있는 건 아니지?"

차샤가 분위기를 대충 풀었다 싶었는지 노엘에게 중요한 질문을 했다. 이번엔 그녀도 진지한 표정이었다.

"네, 외관상 큰 문제는 없습니다. 하지만 아까도 말했듯이 제가 전문 치료사는 아니기 때문에 장담할 수는 없습니다."

"흐음……."

차샤는 약하지만 고른 호흡을 내며 잠들어 있는 석영의 얼굴을 바라봤다. 하얗다. 아니, 하얗다 못해 파랗게 질린 얼굴. 흉터는 이마와 입술이 가장 심했지만 그것도 성수의 힘으로 이미 치료를 한 상황이다.

"힘들었지."

차샤가 석영의 이마에 난 상처에 손을 댄 후 한 말이다.

그녀는 아영이 석영을 데려온 후 적의 정체를 조사하기 위해 뒷산으로 가봤다. 그곳에 도착해서 그녀가 본 것은 무시무시한 학살의 현장이었다.

파악된 시체가 무려 팔십 구. 그 팔십의 시체 전부가 일격필살이었다. 말 그대로 모조리 급소를 노리고 쏜 저격 한 방에 죽었다. 여기저기 버려진 무기로 추산해 보면 적의 숫자는 대략 이백 정도. 그리고 사체를 보건대 훈련 수준은 거의 최상이었다.

그런데…….

'그 많은 인원을 혼자서…….'

차샤는 석영의 용기가 놀라웠다.

실력이야 어차피 알고 있었다. 가히 초인에 다다른, 아니, 초인 그 자체의 무력을 보유한 스나이퍼. 어쩌면 초인 중에서도 가장 최상위 권좌를 차지할 무력일지도 모른다.

하지만 그녀가 보기에 석영은 세상에 출도한 지 얼마 안 됐다. 저 나이에 저런 무력을 갖춘 것 자체는 놀랍지만 하는 행동이나 감정 조절 등을 보면 많은 실전을 겪은 것 같진 않았다. 그러니 실력이 확실해도 수백의 적을 막으려면 용기가 필요하다. 멘탈 보정의 효과를 모르는 그녀이니 이건 명백히 잘못 생각한 거지만, 그래도 일견 타당성은 있었다. 멘탈 보정이 용기를 주는 게 아니니까 말이다.

"단장 언니?"

"응?"

아리스의 부름에 상념에서 깨어나는 차샤. 그녀는 아리스를 보다가 그녀의 시선을 따라 다시 시선을 돌렸다. 어느새 이마를 매만지던 손이 볼로 내려가 있었다.

"으잉? 으미!"

차샤는 화들짝 놀라며 뒤로 한 걸음 잽싸게 물러났다.

찌릿, 찌릿!

노엘과 아리스의 날카롭고 게슴츠레한 눈빛이 날아들었다.

"아, 아냐! 이건 그냥 미끄러져서……."

"볼에 기름칠을 했나, 미끄러지게?"

아리스가 다가와 석영의 뺨에 손을 문질렀다. 당연히 매끄럽기보단 퍽퍽하고 까끌까끌한 피부가 만져졌다.

"안 미끄러운데?"

"아… 야, 그런 거 아니거든! 그냥 딴생각 좀 하다가 그런 거야!"

"딴… 무슨 생각?"

차샤의 눈매가 가늘어졌다.

지금이야 자신이 실수해서 이렇게 놀림받지만, 중간에 안 끊어주면 한도 끝도 없이 가는 걸 잘 알고 있다.

"그만 안 해? 칼춤 한번 출까?"

"우후후, 저야 좋지요."

그러나 이번만큼은 안 먹혔다.

'쳇' 하고 물러난 차샤가 다시 석영을 봤다.

이왕 이렇게 된 거 차샤는 하고 싶은 말을 그냥 했다.

"고생했어."

쪽.

행동도.

'꺄아!' 하는 비명에 여러 사람이 달려왔지만 차샤는 어느새 잽싸게 도망친 후였다.

* * *

문호정의 설명을 전부 들은 아영은 한숨부터 내쉬었다.

일단 얘기는 복잡하지 않았다. 퀘스트를 받았고, 그 퀘스트 때문에 라블레스가를 돕기 시작했으며, 그 퀘스트에 엉뚱하게 서브 퀘스트가 끼어들었는데 그게 마리아 왕녀의 왕도 호위이고, 그 결과 지금 이렇게 기습을 받았다. 그리고 석영은 혼자서 후위를 막으며 버텼고, 정말 천운으로 아영이 이곳에 등장하면서 전투가 종결되었다는 그런 길지 않은 찝찝한 얘기였다.

"이제 좀 가라앉았니?"

"하아! 네, 언니. 아깐 죄송했어요. 안 그래도 짜증 나 죽겠는데 이런 상황을 마주하는 바람에……."

아영은 정말 먼 거리를 왔다.

지금 당장 그녀의 꼴만 보더라도 거지가 따로 없었다. 한 달이 넘는 여정이었다. 중간중간 마을이나 도시에 들러 씻고 물품을 채우기도 했지만 그마저도 보름 전이 마지막이었다. 식량이야 인벤토리가 있으니 잔뜩 넣어서 움직일 수 있었지만 문제는 씻고 자고 입는 것, 의식주가 제일 문제였다.

어쨌든 그렇게 오다 보니 짜증은 짜증대로 올라와 있었다.

보고 싶은 사람이 리안 성에 있다고 해서 겨우겨우 왔더니 기절한 사람을 만나 버렸다. 아니, 그때 자신이 안 나타났다면?

'잘못하면 오빠 죽었어.'

이게 제일 중요한 부분이고, 짜증의 원인이었다.

"넌 대체 어디서 온 거니?"

"있어요. 꽤나 먼 곳."

"얼마나 걸렸는데?"

"한 달 조금 넘은 것 같아요. 하아, 미쳤다고 내가… 아오!"

주먹을 불끈 쥔 아영이 부르르 떨기 시작했다. 그 모습에

크큭 웃던 석문호가 대뜸 한마디를 날렸다.

"석영이 좋아하냐?"

"넹? 네? 아, 이 오빠가 무슨……!"

정곡을 찔렸는지 아영이 펄떡 뛰었다.

"푸하하!"

석문호가 커다랗게 웃음을 터뜨렸고, 문호정도 손으로 입을 가리고 웃었다. 오늘 처음 보았지만 게임에서 친하게 지내던 김 씨 삼 남매도 웃었다.

"아, 좀! 내가 이런 놀림 받으려고 그 먼 길을 온 줄 알아요? 그만 웃어요!"

"아하하!"

그러자 웃음은 더 커졌다.

방방 뛰던 아영은 포기했는지, 아니면 그럴 힘도 없는지 그냥 바닥에 주저앉았다.

"에혀. 그런데 그 뭐냐, 라블레스가? 거긴 어떤 곳이에요?"

"거기? 몰락 상가래."

"몰락 상가?"

"응, 사냥 중에 몬스터한테 기습받은 걸 도와주다가 알게 됐다는데?"

"그래요? 아까 거기 천막에 있었어요?"

"어… 아니? 없었을걸."

"없었다고요?"

"응. 자기야, 봤어? 휘린 양?"

문호정이 묻자 석문호는 고개를 절레절레 저었다. 그도 못 봤다면 그 자리에 휘린은 없던 게 맞았다.

"호오."

아영이 콧소리와 함께 입가에 진득한 미소를 그렸다. 마치 이 새끼들, 잘 걸렸다 하는 표정이었다.

꺄앙!

냐앙!

아영의 변한 기세에 바로 반응하는 은묘 두 마리. 어미는 나비, 새끼는 벌이라고 지었다. 모두 예전에 패널로 갔던 시골 밥상 예능에서 본 고양이들의 이름을 따왔다.

"그 사람들, 어디 있어요?"

"어… 그게… 아영아, 잠깐 흥분 좀 가라앉히지 않을래?"

"그 사람들 보고 가라앉힐게요, 후후."

아영은 바로 일어나 밖으로 향했다. 문호정은 아영이 또 사고를 칠까 봐 급히 따라나섰다. 밖으로 나온 아영은 근처에 있는 발키리 단원에게 다가갔다.

"저기요."

"네?"

"라블레스가? 그 사람들 어디 있나요?"

"아아, 저 마차에 있어요."

문호정이 말리기도 전에 이미 발키리 단원은 휘린의 거처를 말했다. 아영의 시선이 단원의 손끝을 따라갔고, 그 끝에 마차 한 대가 있음을 봤다. 이어 고맙다고 짧게 인사한 뒤 바로 마차로 향했다.

"꼭 지금 해야 돼?"

"모든 건 때가 있어요. 언니 정도면 알잖아요?"

"그야……."

"오빠는 계약 때문이지만 어쨌든 몰락 상가에 어마어마한 재물을 포함해 도움을 줬어요. 그런데 저 사람들은 오빠를 보러 얼굴도 안 내미네요? 정상은 아니죠?"

문호정도 아영의 말이 틀린 곳이 없음은 잘 알았다. 그녀도 실망했을 정도이다.

하지만 그녀가 아는 휘린은 강한 마음을 지녔지만 그건 겉으로 보이는 부분이다. 아니, 아직 완성되지 않은 것이다.

살벌한 기세의 아영이 다가가자 헨리가 뭔가 이상함을 느끼고 마차를 막아섰다. 라울도 그 뒤로 섰다. 아영은 걸어가면서 그대로 검을 꺼냈다. 도끼는 살상용. 잘못하면 여기서 피를 볼 수 있으니 +7강까지 끝낸 대태도를 꺼내 손에 쥐었다. 단 1 차이지만 6과 7은 천지 차이다.

일단 강도와 절삭력이 다르다.

"멈춰주십……."

"그쪽이랑 할 말 없으니 비켜요."

"죄송하지만 가주님은 지금 몸이 안 좋으시니 나중에 찾아와 주십시오."

"예의는 한 번으로 됐지? 아, 썅! 그건 그쪽 사정이고 비키랄 때 비켜. 은혜도 모르는 자들에게 노인 공경은 이걸로 끝이야."

"음……."

헨리는 그 말에 짧은 침음과 함께 검을 뽑았다.

스르릉!

뽑혀 나온 검이 중단에 나왔을 때, 아영이 움직였다.

스가앙!

벼락처럼 내려친 아영의 일격에 헨리의 검이 그대로 갈려나갔다. 애초에 무기의 급이 달랐고, 아영의 실력도 한몫했다.

"이, 이… 당신, 누구……!"

헨리는 기사의 상징인 검이 잘리자 그대로 굳어버렸고, 라울이 앞으로 나섰지만 빠각 하는 소리와 함께 그대로 무너졌다. 아영은 이어서 바로 마차 문을 열었고, 그 안에 쪼그리고 앉아 있는 소녀를 발견했다.

빛이 들어오자 고개를 든 소녀는 눈물범벅이었다.

"휘린?"

"누구……."

"안녕? 난 김아영이라고 해, 이 썅년아!"

화사한 미소와 함께 나간 인사.

쫘악!

그리고 무지막지한 따귀 소리가 어둠 속에 사정없이 울려 퍼졌다.

통렬하게 들어간 따귀 한 방에 사방의 이목이 집중됐다. 아영은 그래도 아랑곳하지 않고 이어 휘린의 멱살을 잡았다. 그러고는 싱긋 웃으며 말을 이어갔다.

“여기 이렇게 숨어 있으니 좋았지?”

“어… 으…….”

“언니가 좋았냐고 묻잖니. 응?”

와락!

아영은 그렇게 물으면서 대답도 듣지 않고 그녀를 마치 밖으로 끌어내 바닥에 내던졌다. 이번엔 처량한 여주인공처럼 바닥을 꼴사납게 나뒹구는 휘린에게 시선이 집중됐다. 무슨 일인가 구경 온 사람들은 거의 없었다. 아영의 말에 이유를 파악할 눈치들은 충분히 가졌기 때문이다.

새롭게 등장한 아영은 딱 봐도 석영의 동료이다. 그것도 안면만 있는 사이가 아니라 굉장히 친밀한 관계를 가진 동료. 아영의 지금 행동은 정당하진 않아도 충분히 있을 법한 행동이었다. 하지만 이런 아영의 행동을 막아야 할 사람이 있었다.

“아, 정말…….”

차샤를 포함한 발키리 용병단이다.

이들은 분명 라블레스가와는 고용 관계이다. 고용주가 저런 일을 당하는데 가만히 있을 수는 없는 노릇이다. 차샤는 막사에서 나와 뒤늦게 이 장면을 봤고, 몇 마디 말에 사태를 파악했지만 바로 나설 수밖에 없었다.

"자자, 아가씨, 거기까지 할까?"

차샤의 말에 아영의 고개가 천천히 돌아갔다. 돌아간 시선에 질척한 땅바닥을 터덜터덜 걸어오는 차샤가 보였다.

"넌 뭐 하는 년이야?"

아영의 입에서 나온 아주 상큼한 말에 차샤의 고개가 삐딱하게 넘어갔다.

"년? 이년 주둥아리 보게? 입에 걸레 물으셨어요?"

차샤의 대답에 아영의 신형이 완전히 돌아갔다. 어느새 그녀의 손에는 방패와 대태도 대신 부족장의 도끼가 마법처럼 쥐어져 있었다.

"음마, 무기 한번 살벌하네. 근데 잘 쓸 수 있으려나 몰라? 후훗."

아리스가 툭 던진 말. 아영의 시선이 그녀에게 돌아갔다가 다시 차샤에게 넘어왔다. 차샤도 어느새 소태도 두 자루를 꺼내 쥐고 있었다. 차샤가 자세를 살짝 낮추며 말했다.

"자, 욕질은 그만하자고. 나이 먹고 주둥이로 싸울 것 아니잖아?"

"왜 나서?"

"왜 나서냐고? 몰라서 물어? 저 아가씨가 우리 고용주야, 고용주. 고로 지켜야 하는 대상이라는 거지. 우리 용병의 법도에 따라서 말이야."

"죽일 건 아닌데?"

"용병, 혹은 용병단은 고용주의 신변에 위협을 가하는 그 모든 적으로부터 지켜야 돼. 그게 계약서 기본 명시 사항이랍니다."

"흐음, 그럼 이 아가씨를 조지려면 당신들부터 상대해야 된다는 소리네?"

"뭐, 그런 거지. 왜, 겁나?"

"겁? 설마……."

부웅!

도끼를 한 차례 휘둘러 본 후 아영도 자세를 잡았다. 아영의 손에 들려 있던 방패는 어느새 사각 방패가 아닌, 좀 더 작은 사이즈의 원형 방패로 변해 있었다. 차샤의 무기를 보고 시야를 확보하기 위해 방패를 바꾼 것이다.

"잠깐! 아영아, 이건 아니야. 너 왜 이래?"

상황이 설마 이렇게까지 갈 줄 모르고 있던 문호정이 놀라 급히 아영을 말렸다.

하지만 아영은 그녀의 말을 듣고도 시선도, 대답도 주지 않았다. 자존심 싸움으로 들어간 건 아닌데, 지금 이 답답함을 반드시 풀겠다는 의지가 고스란히 느껴지는 아영이다.

"차, 차샤 언니, 그만해 주세요."

문호정 말고 이 상황을 말리는 사람이 한 명 더 있었으니

이 사태의 도화선인 휘린이었다. 그녀는 정신을 좀 차렸는지 자리에서 일어나 차샤에게 다가오고 있었다.

"좀 괜찮아?"

"네, 무기를 거둬주세요. 저분… 이랑 대화로 풀고 싶어요."

"괜찮겠어? 고용주님 따귀를 날린 여잔데?"

"석영 오빠 동료잖아요. 제가 잘못한 일, 제가 마무리 지어야 해요."

"으음……."

고용주인 휘린이 이렇게 나오자 차샤는 어쩔 수 없이 자세를 풀었다. 하지만 무기는 아직 넣지 않았다. 아영이 무기를 거두지 않았기 때문이다.

두 사람의 대화는 아영도 전부 들었다. 문호정은 지금이 기회다 싶어 얼른 아영의 팔을 잡았다.

"아영아."

"……."

"말로 하자. 응? 석영이가 이런 걸 원할 것 같니?"

석영이란 말에 바로 반응하는 그녀이다. 결국 차샤처럼 자세를 풀고 이어서 잠깐 차샤와 시선을 맞춘 뒤 무기를 거두었다.

"에이, 좋은 구경 쫑 났네."

찌릿!

노엘의 따가운 시선이 초를 치는 아리스에게 사정없이 날아가 꽂혔다. 그러자 '아, 따가워!' 하며 시선을 회피하는 아리스. 그런 둘의 행동에 여기저기에서 피식거리는 웃음이 들렸다. 의도가 참 명백한 행동이었다.

휘린은 아영에게 맞아 빨갛게 부어오른 뺨을 매만지며 아영의 앞에 섰다. 그러고는 옷매무새를 다듬고 깊이 허리를 숙였다.

"죄송합니다."

"…후우."

짧은 침묵 뒤 한숨을 내쉬었다.

아영의 천성은 원래 착하다.

기본적으로 성향을 따지자면 아영은 분명 선이다. 연예계에서 구르고 구르면서 단련된 멘탈도 선에 가까웠다.

그런 그녀가 지금 이렇게 사고를 친 건 전부 석영 때문이었다. 자기도 모르는 사이 가슴에 담긴 사람. 그 사람이 지키려고 했는데도, 그걸 알면서도 그의 걱정을 해주지 않은 이 어린 소녀가 괘씸해 그게 참을 수 없어서였다.

하지만 이제 이렇게 이성적으로 나온다면 자신도 이성적으로 받아줘야 했다.

"따라와요."

그 말을 끝으로 등 돌려 걸었다. 그런 그녀의 뒤를 휘린이 마치 죄인처럼 따랐다.

*　　　*　　　*

어둠이 깊게 자리 잡고 있는 동굴. 한 치의 빛도 허락되지 않은 이곳을 오로지 감각으로만 이동하는 사람이 있었다.

한지원. 석영이 라이벌로 생각하고, 악을 처단하는 다크 히어로인 그녀였다.

그녀는 우연히, 아니, 필연적으로 얻은 지도 한 장을 의지해 지금 이곳까지 왔다. 이곳은 발록 사막이라는 곳으로, 작열하는 대지 아래 생성된 던전이었다. 한 달이 넘는 여정 동안 겨우 찾아왔다.

천하의 한지원이 목숨의 위협을 몇 번이나 넘겼을 정도로 이곳까지의 여정은 험난했다. 정말 너무 험난했다. 그래서 그녀는 던전에 들어서기 전에 이틀이나 아무것도 안 하고 쉬었을 정도이다.

현재 진입 하루째.

그녀는 불을 켜지 않았다.

아니, 켤 수 없었다.

이곳은 빛을 허락하지 않았다.

어떤 마법적 작용이 적용된 건지 횃불을 포함한 모든 광원(光源)이 무용지물이었다. 그래서 그녀는 오로지 감각에만 의지하며 전진하고 있었다. 하루 동안이나 말이다. 범인이라면 이미 공포에 절었을 테지만 당연히 지원은 범인이 아니었다. 그녀는 쉴 때 쉬고 전진할 때 전진하며 착실하게 어둠을 파헤치며 움직였다.

'후우…….'

물론 지치긴 했다.

끝이 보이질 않는 이동.

던전이라면 흔히 나오는 트랩도 없고 일직선으로 길만 쭉 뻗어 있었다. 하지만 발끝의 디뎌지는 감각으로 지원은 계속해서 지하로 이동 중이라는 건 알 수 있었다.

지원은 잠시 쉬기로 결정하고 그 자리에 천천히 앉았다. 오로지 감각으로만 이동하다 보니 체력보다는 정신적인 피로가 훨씬 더 심했다.

평상시라면 하루 내내 이동해도 지치지 않았을 텐데 말이다. 인벤토리에서 말랑말랑한 육포를 꺼내 뜯었다.

'얼마나 더 가야 되는 거야, 이건?'

슬슬 짜증이 났다.

본래라면 겁먹는 게 정상이지만 지원에게 공포라는 감정은 너무 생소했다. 태어나서 성장기에 몇 번 느껴봤고 그 이후로는 한 번도 느껴본 적이 없는 감정, 그게 공포라는 놈이다.

그래서 지금 지원은 그냥 짜증 났다.

망연히 걷다 보니 지루하기도 했다.

'차라리 뭐가 좀 나오든가.'

세계의 비밀을 간직했다는 지도이다. 이걸 얻은 건 우연이지만 필연이기도 했다. 발록 사막의 지도, 혹은 세계수의 지도, 또는 태초의 신전 지도라고 불리는 놈이고, 이건 지원이 알스테르담 제국의 퀘스트를 초고속으로 클리어하며 받은 보상이다. 퀘스트 내용은 황가에 반기를 들고 일어난 세력 수장의 암살. 근데 그 대상이 무려 공작이었다. 제국 알스테르담의 공작 말이다. 당연히 경비는 어마어마했다.

이미 반기를 들고 일어났기 때문에 평소보다 훨씬 더 많은 경계병이 있었지만 지원은 그 사이를 뚫고 유유히 들어가 목을 거뒀다. 그리고 의뢰자에게 내밀자 그가 준 게 바로 이 지도였다.

그리고 준비를 한 뒤 무작정 찾아왔다.

전간대대에도 무려 한 달이나 휴가를 신청하고 말이다. 근데 아무것도 없었다. 아직까지는. 지원은 무료한 걸 가장 싫어했다. 그래서 리얼 라니아를 팠고, 이후 생긴 이 신세계 휘드리아젤 대륙에 마음속으로지만 우렁차게 열광했다.

'가자.'

지원은 끝에 있을 신비한 무언가를 기대하며 일어났다. 그리고 다시 걷기 시작했다. 오감, 이 모든 걸 의지해서 걷는 건 매우 위험한 일이지만 그녀에게는 익숙했다. 적진 침투 때 야시경도 없이 아마존 같은 숲을 뚫은 적도 있다. 그것도 밤에만 움직여서 말이다. 그런 곳에 비하면 현재의 이동은 천국 수준이다. 그런데 그 천국도 끝은 있었다.

'흐음…….'

어느 순간을 기점으로 발끝에 닫는 바닥의 감촉이 변했다. 손끝에 느껴지는 벽의 감촉도 변했다. 후각으로 느껴지는 향도 변했고, 귀로 느껴지는 기묘한 정적도 변했으며, 육감으로 느껴지는 공기도 변했다.

그렇게 미각을 뺀 오감이 다른 공간에 들어섰음을 암시했다. 지원은 그걸 즉각 받아들였다. 육감을 포함한 감각 그 자체는 지원이 최우선으로 믿는 정보이다. 이걸 무시했다간 좋은 꼴 보기 힘들다.

'…….'

잠시 멈춘 지원이 다시 걷기 시작했다. 분명 이동하고 있음에도 아무런 소리도 들리지 않았다. 신기에 달한 이동이다.

다시 그렇게 이동하면서 오감이 주는 변화에 익숙해졌을 때, 공기를 타고 진동하며 날아온 울음을 지원은 들을 수 있었다.

크르르.

지원은 바로 멈췄다. 적의 등장이다.

그런데 적의 모습이 보이지 않았다. 이럴 때 무작정 들어가면? 적의 총칼 앞에 모가지를 들이미는 꼴밖에 안 된다. 그래서 지원은 일단 기다렸다. 무료하던 순간이 깨져 솔직히 기분은 좋지만 상황 파악은 한다. 그걸 못 했다면 아마 예전에 전장에서 죽었을 것이다.

'후우…….'

이럴 때는 정말 끈기가 필요하다.

적이 먼저 몸을 내비칠 때까지, 그 순간까지 반드시 기다려야 했다. 이 순간 긴장감 때문에 소진되기 시작하는 정신력도 문제였다.

그러나 한지원은 스페셜리스트. 언제고 움직일 수 있는 자세에 손에는 보상으로 얻은 무광의 칼 한 자루를 쥐고 기다렸다.

크르르…….

울음이 또 들렸다.

'짐승…….'

지원은 이게 짐승의 울음이라 생각했다. 그것도 포식 계열의 짐승으로 생각됐다.

투웅!

두드드드드드!

그리고 이어 던전이 진동하기 시작했다. 무너지려는 건가? 무너지면 그대로 압살당할 수도 있었다. 부스스 떨어지는 돌부스러기와 먼지를 그대로 맞으면서도 지원은 가만히 있었다. 쉽지 않은 순간임에도 그녀는 흔들림이 없었다.

그으으웅!

팟!

파바바바밧!

저 끝에서 갑자기 들어오는 불빛. 지원은 그 찰나의 순간에 바로 눈을 감았다.

어둠 속에 하루 이상을 있었다. 갑자기 빛이 망막에 전달되면 바로 욕 나오는 일이 벌어진다. 물론 빛의 전달 속도는 매우 빠르기 때문에 완전히 피하지는 못했다. 화끈한 통증이 눈에서 느껴졌고, 지원은 그 순간에도 신음은 일절 흘리지 않은 채 뒤로 물러났다. 그러면서도 빛에 익숙해지기 위해 사투를 벌였다.

.이윽고 눈을 떴을 때 적의 정체를 보았다. 저 멀리 한 손에는 불의 검, 다른 손에는 불의 채찍을 쥐고 서 있는 불의 재앙 발로그(Balrog)를.

짐승일 거라는 생각은 아주 보기 좋게 빗나갔다.

발로그(Balrog).

지원이 한때 심취한 신화에 따르면 발로그라는 이름은 '발라라우카르'란 케냐의 요정어가 기원이고, 그 뜻은 불의 재앙 정도로 알고 있었다. 이놈은 그냥 쉽게 줄여서 발록이라고 부르면 되는 놈이다. 그런데 이름은 쉽게 불러도 쉽게 봐서는 절대로 안 되는 놈이었다.

"반신의 악마라……."

발록 사막이라더니 정말로 떡하니 발록이 기다리고 있었다. 혹시나 하긴 했다. 근데 그 혹시나 한 게 현실이 되자 지원은 그냥 기가 막힐 뿐이다. 발록이 서 있는 곳은 저 멀리 공동의 정중앙이었다.

그곳에서 삼 미터에 이르는 거체에 불꽃으로 만든 검과 채찍을 손에 들고 어마어마한 존재감을 내뿜고 있었다.

지원은 적의 정체도 봤겠다, 자세를 바로 세웠다.

"반신이라……. 반신이면 안 죽으려나?"

지원은 발록을 봤다고 도망칠 생각은 없었다.

저 정도 되는 괴물, 아니, 반신의 악마를 만났다. 도대체 왜인지는 모르겠는데 겨뤄보고 싶었다. 심장에 검을 꽂고 목을 갈라도 안 죽는지 그걸 확인해 보고 싶었다. 그 흥미, 그놈에 빌어먹을 호기심. 그런데 지금 그게 한지원을 살게 하는 원동력이었다. 없었다면 아마 자살해 버렸을 것이다.

'그'를 보고 싶은 그리움에 못 이겨 말이다.

스릉, 스르릉.

지원은 두 개의 검을 뽑았다. 발록은 아직 지원을 발견하지 못한 건지, 아니면 일정 구역 이상 진입하지 않으면 반응하지 않는 건지 커다랗게 숨[불꽃]을 토해내며 그 자리에 서 있었다.

지원은 그런 발록을 향해 걷기 시작했다. 이전과는 다르게 저벅저벅 소리가 들리기 시작했고, 동시에 그녀가 전투에 대한 의지를 품자 내뿜어지는 거친 투기가 사방으로 퍼졌다.

크르르!

불꽃과 함께 울리는 거친 짐승의 울음, 아니, 악마의 울음. 지금은 듣기가 좋았다.

턱.

공동이 시작되는 부분에 발을 디디자마자 발록이 반응했다.

부웅!

두 눈에 거칠고 불꽃으로 이루어진 흉광(凶光)이 들어왔다. 그걸 보며 지원은 피식 웃고는 목을 두득두득 풀며 이죽거렸다.

"불광이냐?"

쇄애애액!

반응은 정말이지 즉각 나왔다.

바람을 찢으며 날아든 채찍으로 말이다.

타앙!

쩌저저적!

지원이 피한 자리로 거대한 금이 갔다. 그리고 그 금 주변으로 불씨가 살아 타올랐다. 돌바닥이다. 그런데 돌 부스러기에 불이 붙어 매캐한 화연을 만들어냈다. 그 불을 넌지시 보던 지원이 툭 한마디를 내뱉었다.

"이건 뭐 백린도 아니고……."

지구상에서 사라져야 할 무기 다섯 손가락에 드는 민간인 살상 무기, 백린탄. 그 불길은 물속에서도 타는데 지금 이 불꽃도 똑같았다.

다른 게 있다면 백린탄은 인간이 만들었지만 저건 발록 고유의 능력. 저 불꽃은 지옥 불이었다. 한번 붙으면 그 대상을 모조리 태우기 전까지는 절대로 꺼지지 않는다는…….

"지랄 나게 위험하단 소리지?"

말을 하고 싶었는지 탁하게 갈라져 나오는데도 지원은 육성으로 말하는 걸 멈추지 않았다.

그으으!

지원이 피한 게 마음에 안 드는지 발록은 이번에는 좀 전과는 다른 울음을 토해냈다.

"왜, 내가 피한 게 마음에 안 들어?"

지원은 트레이드마크라 할 수 있는 나른한 미소를 지은 채 그렇게 물었다. 물론 답을 바란 건 아니었다. 그런데 답이 돌아왔다.

[내 공격을 피한 인간을 보는 건 그날 이후 처음이구나.]

머릿속을 웅웅 울리는 한마디.

청각이 아닌, 머릿속에서 직접 퍼지는 소리.

리얼 라니아의 공지처럼 명료하게 울려오는 소리, 아니, 말에 지원은 잠깐 눈을 크게 떴다.

"말을 할 줄 아네?"

[나는 반신. 지성체이자 고등 생명체다. 인간의 언어를 사용하진 않으나 의사를 전달하는 과정에는 문제가 없다.]

"그래 보이네. 멋져. 상식이 완전 깨지는데, 이거? 뭐, 지금까지도 그래왔지만."

짝짝 박수를 치며 그 말에 대답해 주는 지원의 표정은 어딘가 즐거워 보였다. 상식, 그 상식은 그날을 기점으로 이미 깨진 지 오래다.

[오랜만의 인간이구나.]

호오!

흥미로운 발언이었다.

"혹시 외로웠어?"

[그런 감정을 느끼지 않을 리가 있을까. 말했듯이 나는 반신이자 지성체, 고등 생물체이니.]

"그럼 나가. 여기서 뭐 해?"

[거역할 수 없는 분의 지시를 지키고 있는 중이다.]

"거역할 수 없는? 반신에게 그런 게 있나?"

[반신이다. 이 단어에 집중하면 이유를 알 수 있겠지.]

"아아……."

반신.

반쪽짜리 신이라는 소리다. 그럼 그보다 더욱 상위의 존재가 있다는 말이다.

"그럼 여기서 뭘 지키는데?"

[말해줄 수 없다. 알고 싶다면 나를 넘어서면 된다. 그럼 자연히 알게 될 터.]

"쯧, 뭐가 있는지 알아야 싸울 맛이 나지. 보상이 뭔지도 모르고 때려 박는 게 얼마나 재미없는 줄 알아?"

[그 반대의 경우도 있겠지. 모르는 상황에서 나오는 호기심, 기대 심리.]

"호오!"

대화가 아주 잘 통했다.

게다가 인간의 심리를 아주 잘 알고 있었다.

"반신에게도 호기심이 있나?"

[있다. 당연히 존재한다.]

"재밌네. 더 얘기하고 싶을 정도로."

[마찬가지군. 그날 이후 내 시험을 통과한 인간이다. 수없이 많은 인간이 이곳을 찾았지만 모두 통과하지 못하고 재가 되었지. 마지막 인간 이후 근 백 년간 이곳을 찾은 존재가 없었다.]

"시험? 아아!"

피식.

그 채찍으로 바닥 한번 후려친 것, 그게 시험이었나 보다.

솔직히 그 공격은 눈으로 보고 피할 수 있는 공격이 아니었다. 지원이 그걸 피할 수 있던 건 순전히 감각 때문이었다. 소름이 쫙 끼치는 순간 발록의 팔목이 돌아가는 걸 봤고, 그걸 확인한 순간 바로 피했다. 그리고 피한 순간 채찍은 이미 바닥을 강타했고. 운이 좋았다는 건 아니지만 그래도 확실히 피해내긴 했다.

그냥 실력으로 피했다는 소리다.

대화는 충분히 했다고 느낀 지원은 통통 제자리에서 가볍게 뛰었다.

"시작할까? 이제 그 뒤에 뭐가 있는지 매우 궁금해졌어."

[볼 수 있기를 기도하지.]

피식.

'내가 그걸 보면 널 죽여야 하는데 기도를 해? 웃기는 놈이네.'

웃은 지원이 속으로 그렇게 말하며 내달렸다.

반신은 불사(不死)의 존재인지도 모르고 말이다.

*　　*　　*

콰응!

발록의 불검이 떨어진 곳이 커다란 굉음과 함께 터져 나갔다. 그 폭발 권역에서 이미 벗어난 지원은 힐끔 고개를 돌려 터져 나간 자리를 바라볼 겨를도 없었다.

휘릭!

그대로 몸을 굴려 텀블링으로 다시금 자리를 벗어났다.

쇄애애액!

쩌저저정!

그 자리를 다시 채찍이 내려치며 바닥을 사정없이 터뜨렸다. 그 공격까지 피한 지원은 급히 뒤로 물러났다.

"후우."

짧게 숨을 몰아 쉰 지원은 걸리적거리는 앞머리를 칼로 잘라냈다. 그러자 검게 그을린 지원의 얼굴이 드러났다. 그녀의 몰골은 엉망이었다. 발록의 공격은 정말 말로 설명할 수 없는 속도로 날아들었다. 지원이 피한 건 오로지 준비 동작과 감각에 의존한 회피였다. 그러지 않으면 피할 각 자체가 나오지 않았다.

'반신은 반신이라 이거지?'

스릅.

혀로 한차례 입술을 핥은 지원은 혀끝에서 느껴지는 짙은 퀴퀴한 냄새에도 나른한 미소를 지었다.

단순히 강하다는 말로는 설명할 수 없는 상대. 인간이 아닌 인간 외의 종족. 괴물로 분류되는 몬스터도 아니고, 그보다 훨씬 강력한 존재. 신에 근접한 존재. 그런 존재의 강함은 감히 문자와 언어로 설명할 수도 없을 지경이었다.

'그런데도 나는 피해내고 있어.'

지원은 이 부분이 마음에 들었다.

자신의 무력이 통하고 있다는 뜻이니까.

그러면서 지원은 자신이 살아 있음을 실감하고 있었다. '그'를 보내고 숨만 쉬지 '죽어' 있던 정신과 의식에 생명이 깃들었다.

찬란한 휘광이 온몸을 덮은 것처럼 포근한 느낌도 들었다.

[역시 대단하구나. 하지만 피하는 것뿐이라면 살아 돌아가지 못할 것이다.]

머릿속을 울리는 발록의 전언에 지원은 그냥 웃었다.

돌아가지 못해도 좋다. 이렇게 살아 숨만 쉴 수만 있다면 지원은 솔직히 몇 날 며칠이고 저 거대한 존재와 쌈박질을 하고 싶었다.

그게 지금 지원의 솔직한 심정이었다.

구웅! 구웅!

발록이 걷는 일보에 공동이 진동하며 절절하게 울었다. 무게를 지탱하지 못함이 아니라 존재 자체에서 뿜어지는 거대한 기세를 버텨내지 못하고 있었다. 그에 비해 다시금 옆으로 살살 움직이는 지원의 존재는 달빛 아래 반딧불일 정도로 초라했다.

"내가 피하기만 하니까 재미없지? 후후."

[그대가 가진 모든 것을 내보여라. 그래야 죽어서도 억울하지 않을 것이니.]

"걱정 마. 억울한 건 내가 아니라 네가 될 테니까."

파바박!

말을 끝맺음과 동시에 지원의 신형이 마치 쏘아진 살처럼 움직이기 시작했다. 물론 발록의 공격에 비하면 가공하다고 할 수 있는 속도는 아니었다.

[흐음.]

쇄애애액!

공간을 거칠게 찢어발기는 속도에 뒤늦게 따라오는 파공음. 모두가 위험천만했다. 아니, 그 단어로는 설명이 부족했다. 한 치의 실수가 죽음으로 직결되는 공격이다.

"흡!"

그러나 그 공격이 향하는 곳에 있는 여자는 한지원이다.

통 튀는 자세에서의 점프로 가로로 들어오던 채찍을 아주 정확하게 피해냈다. 지나가는 순간 느껴질 거라 예상한 열기는 없었다. 다만 뒤늦게 좇아온 풍압이 지원의 신형을 뒤흔들었다.

그러나 이 여자는 그 순간 체공 중에도 신형을 절묘하게 바로잡아 바닥에 착 하고 내려섰다. 그러면서도 엇박자로 바닥을 찍은 발로 달리는 걸 멈추지 않았다.

"읏!"

후웅!

콰웅!

그러나 거의 동시에 그녀가 있던 자리에 불검이 뚝 떨어졌다. 이어서 맹렬한 폭음과 함께 바닥을 또 터뜨렸다.

그러나 지원은 이미 보고 있었다. 채찍을 든 손이 비틀릴 때 거의 동시에 불검이 들고 있는 손의 손목이 위로 올라가는 걸 말이다.

앞으로 데구루루 굴러 자리를 피한 지원은 그대로 몸을 앞으로 쭉 날렸다. 날아가는 그녀의 몸은 발록의 다리 옆을 스치고 그대로 지나갔다.

서걱!

그리고 울리는 살 갈리는 소리.

이어 다시 몇 바퀴를 구른 뒤 상체를 세워 돌렸다.

일어난 그녀는 검과 자신이 그어놓은 종아리를 바라봤다. 검붉은 체액이 줄줄 흐르는 게 보였다.

"오, 못 가를 줄 알았는데 황자라고 참 좋은 놈을 줬네?"

검은 무광의 짧은 도를 보며 지원은 여유로운 웃음을 흘렸다.

"어때? 이제 좀 뭔가 있어 보여?"

[후후후.]

그녀는 그 도발 섞인 말을 던지며 동시에 깨달았다. 반신(半神)이라고 완전무결하진 않다는 걸.

『전장의 저격수』 5권에 계속…

이제부터 전자책은

이젠북

www.ezenbook.co.kr

새로운 세계가 열린다!

김재한 『성운을 먹는 자』 철백 『대무사』
니콜로 『마왕의 게임』 가프 『궁극의 쉐프』
이경영 『그라니트:용들의 땅』 문용신 『절대호위』
탁목조 『일곱 번째 달의 무르무르』 천지무천 『변혁 1990』
강성곤 『메이저리거』 SOKIN 『코더 이용호』

이름만 들어도 황홀할 정도의 별들의 향연!

이들의 "유료연재"가 시작됩니다!

검색창에 **이젠북**을 쳐보세요! ▼

초대형 24시 만화방

신간 100%, 샤워실, 흡연실, 수면실(침대석), 커플석, 세탁기 완비

▪ 광명 광명사거리역점 ▪

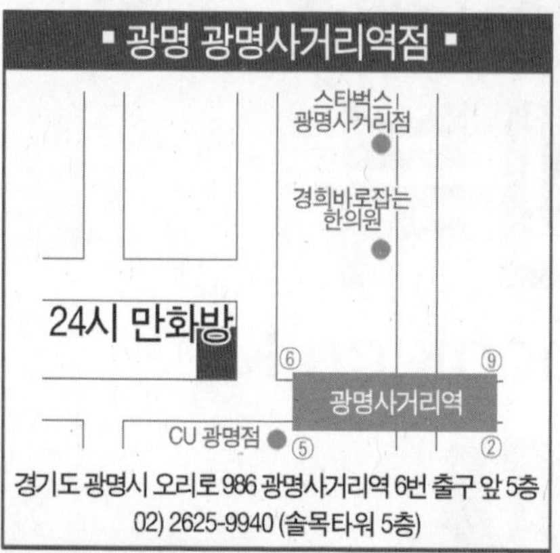

경기도 광명시 오리로 986 광명사거리역 6번 출구 앞 5층
02) 2625-9940 (솔목타워 5층)

▪ 강북 노원역점 ▪

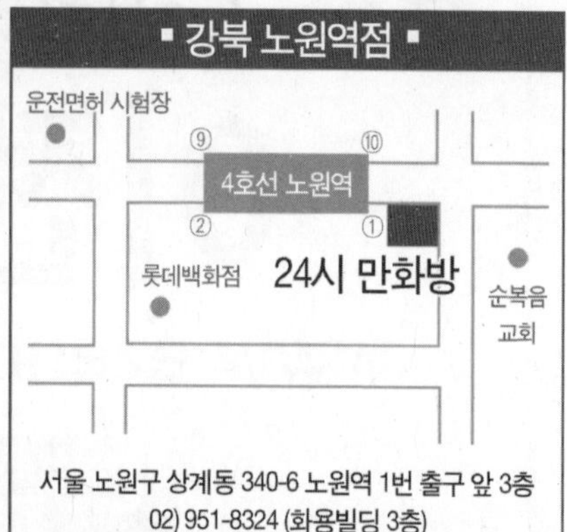

서울 노원구 상계동 340-6 노원역 1번 출구 앞 3층
02) 951-8324 (화용빌딩 3층)

▪ 일산 정발산역점 ▪

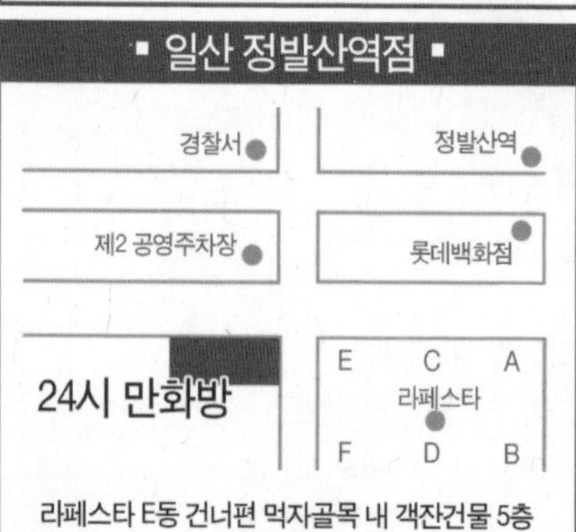

라페스타 E동 건너편 먹자골목 내 객잔건물 5층
031) 914-1957

▪ 일산 화정역점 ▪

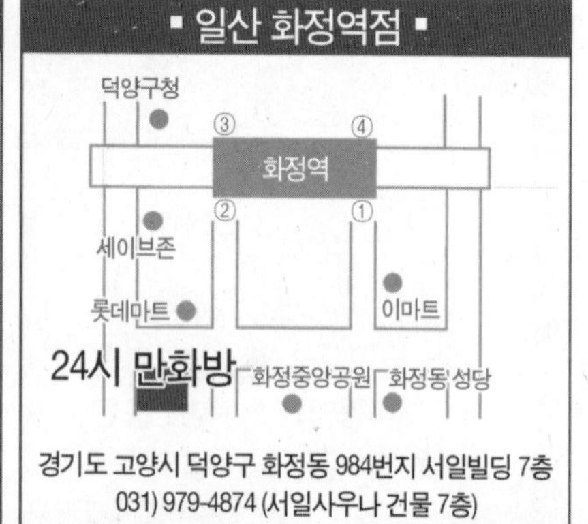

경기도 고양시 덕양구 화정동 984번지 서일빌딩 7층
031) 979-4874 (서일사우나 건물 7층)

▪ 부천 역곡역점 ▪

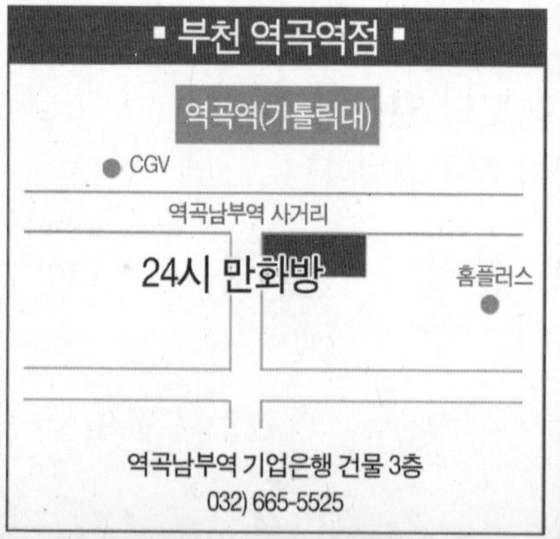

역곡남부역 기업은행 건물 3층
032) 665-5525

▪ 부평역점 ▪

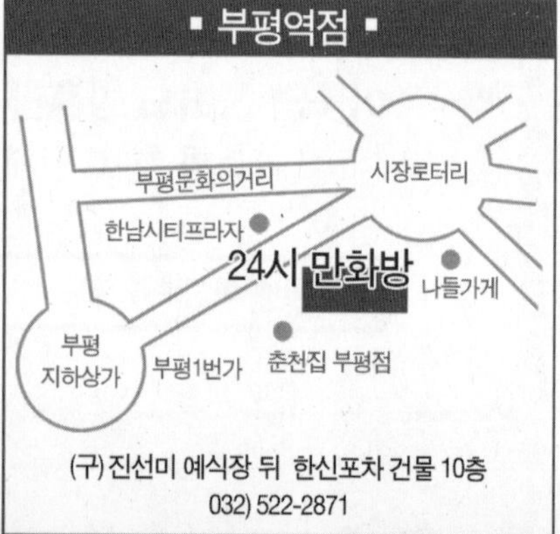

(구) 진선미 예식장 뒤 한신포차 건물 10층
032) 522-2871

FUSION FANTASTIC STORY

SOKIN 장편소설

재벌작가

달동네에서도 가장 끄트머리 반지하 월세방.
그곳에서 엄마와 단둘이 살고 있는 꼬마가 가진 것은
누구보다 위대한 재능이었다.

"저라면 가능합니다."
"어떤 작가보다 많은 문학적 업적을 남기고,
더 큰 성공을 거둘 테니까요."

전 세계에서 가장 많이 팔린 책 리스트.
이곳에 이름을 올릴 책의 작가가 될 남자, 이우민.

그의 이야기가 지금 시작된다!

Book Publishing CHUNGEORAM

유행이 아닌 자유추구 -
WWW.chungeoram.com

FUSION FANTASTIC STORY

박선우 장편소설

스크린의 별

비호감을 불러일으킬 정도로 못생긴 외모를 가진 강우진.

우연히 유전자 성형 임상 실험자 모집 전단지를
발견한 그는 마지막 희망을 걸고
DNA를 조작하는 주사를 맞게 되는데…….

과거의 못생겼던 강우진은 잊어라!

세상에서 가장 아름다운 사나이.
그가 만들어가는 영화 같은 세상이 펼쳐진다!

Book Publishing CHUNGEORAM

유행이 아닌 자유추구 -
WWW.chungeoram.com

FUSION FANTASTIC STORY 류승현 장편소설

리턴마스터

2041년, 인류는 귀환자에 의해 멸망했다.

최후의 인류 저항군인 문주한.
그는 인류를 구하고 모든 것을 다시 되돌리기 위하여
회귀의 반지를 이용해 20년 전으로 돌아갔다. 하지만…….

"어째서 다른 인간의 몸으로 돌아온 거지?"

그가 회귀한 곳은 20년 전의 자신도, 지구도 아니었다!

다른 이의 몸으로 판타지 차원에
떨어져 버린 문주한.
그는 과연 인류를 구원할 수 있을 것인가!

Book Publishing CHUNGEORAM

유행이 아닌 자유추구 -
www.chungeoram.com

톱스타 이건우

크레도 장편소설

FUSION FANTASTIC STORY

열정만으로 성공하는 것은 아니다!

어중간한 실력으로 허송세월하던 이건우.

그의 앞에 닥친 갑작스러운 사고와 함께 떠오르는 기억.

'나는 죽었는데 살아 있어. 그건 전생? 도대체…….'

전생부터 현생까지 이어지는 인연들.
그리고 옥선체화신공(玉仙體化神功)…….

망나니처럼 살아온 이건우는 잊어라!
외모! 연기! 노래!
삼박자를 모두 갖춘 최고의 스타가 탄생한다!

Book Publishing CHUNGEORAM

유행이 아닌 자유추구 -
WWW.chungeoram.com